袖のボタン

丸谷才一

朝日新聞社

装幀　和田誠

袖のボタン

歌会始に恋歌を

大岡信さんが歌会始の召人《めしうど》になつた。いい人選だなあと思つてゐたのだが、御題《ぎよだい》「幸」による詠進歌を読んでいよいよ感心した。

いとけなき日のマドンナの幸《さつ》ちやんも孫三《み》たりとぞe《イー》メイル来る

といふのがその一首。言葉の藝があざやかだし、水際立つた機智の遊びだし、それに、ここが一番大事なところだが、歌会始の歌の詠みぶりに対する果敢でしかも粋な批評がある。

その批評性は作者自身が認めてゐることで、「万葉集でも古今集でも新古今集でも、下っては松尾芭蕉でも与謝蕪村でも、お色気とユーモアは最上級に重んじていたと私は信じている。（中略）私は歌会始という厳粛なしきたりに従順にしたがう気はありません、という態度の表明として、この歌を提出したのだった」と言ふ（「文藝春秋」三月特別号）。しかしここでは「ユーモア」については論じない。もつぱら「お色気」のほうについて書かう。

これはわたしの持論なのだが、日本文学の中心にあるのは和歌で、そのまた中心に位置を占めるのは天皇の恋歌《こひか》である。そのことは『古今』から『新古今』までの八つの勅撰《ちよくせん》和歌集（これが『源氏物語』と『平家物語』と芭蕉の俳諧を生んだ）を見ればわかる。それが面倒だといふなら、『小倉百人一首』といふ小詞華集を手に取ればいい。世々の帝は自身が恋歌を詠み、国民に恋歌を詠めとすすめる（その手引きとして作らせたのが勅撰集）ことによつて国を統治した。これはわが宮廷の伝統であつて、孝明帝も恋歌を詠み、明治帝もさうした。ただし明治十年まで。

西南戦争の結果、明治政府は軍隊を天皇の軍に、天子を大元帥に、しなければならないと考へ、そのためには軟弱な帝であつては困る、示しがつかない、武張つてゐてしかも神々しい感じでなければならないと判断して、恋ごころを詠むことを禁じた。そこで帝は題詠でさへ恋歌を作らなくなる。これはわが近代最初の（そして最大かもしれない）文学的弾圧であり、日本文学史における大変革の一つであつたが、この蛮行を批判した人のあることをわたしは知らない。当然のことながら戦前版『明治天皇御集』には一首の恋歌もなく、戦後版の『新輯《しんしゆう》明治天皇御集』には、編集委員の大半は禁止以前の題詠による恋歌三十余首全部を載せようとしたけれど、佐佐木信綱が強硬に反対したため、中を取る形で七首だけ収めることになつた。そして大正帝、昭和帝の恋歌は一首も発表されてゐない。かうして宮廷和歌は人生における重要な一局面をきれいに忘れ去り、王朝文化と絶縁し、貴人の詩と文学の現場との没交渉は決定的になつた。

本来ならば、敗戦によつて天皇が軍服をぬぎ、背広に着替へたとき、旧に復すべきであつたらう。しかし明治の気風は強く残つてゐて、さうはならなかつた。一世紀にも満たない軍国主義は、『万葉』『古今』以来の伝統よりも支配的だつたのである。

ところで日本の新聞には短詩形文学の読者投稿欄が毎週一回ある。かういふ全国民的な詩への関心は、多分、他の国では見られないものだ。そして毎年正月、同じ題で国民が詩を競作し、帝と后《きさい》の宮の作も披露される宮廷主催の会があつて、それにより一年を予祝するといふ風習は、まさしく日本だけのものに相違ない。まことに優美な儀式で、わたしは同じ文明に属する者として誇らしく思つてゐるし、先年、山崎正和さんと共に陪聴する機会を得て、いつそうその感を深くしたのであつた。

この祭において供へられる歌はさすがに水準が高い。そのことはやはり認めなければならない。しかしさう評価した上で敢へて難を言へば、一体に詠み口が単調で、奇想によつて驚かすことが滅多《めつた》にないし、そこまで求めるのは無理としても、おそらく恋歌を詠まない天子に義理を立て、それがこの催しの歌風と思ひ込んでであらう、色恋を絶対に扱ふまいとみんなが決意してゐるやうに見受けられる。歌は人の心のまことを示すものだから、遠慮なんかしなくたつていいのに。例外として思ひ出されるのは、御題「橋」のときの選者、岡野弘彦さんの詠、世のはじめの言葉もはらにつまどひて女男《めを》あはれなり天《あめ》の浮橋のみである。無学な藩閥政府のはじめた文学統制は、いまだに一国の詩情を拘束してゐるわけだ。そんな陋習《ろうしゅう》のせいで、折角《せっかく》の祝祭が点睛《てんせい》を欠く。昔日の宮廷文化とくらべて、輝かしさ、花やかさが足りないことになる。われわれの文明全体の問題として、まことに残念な事態と言はなければならない。わたしが大岡さんの一首を、心楽しい反逆として推奨するゆゑんである。

後記　読者の方からの教示によつて、明治政府が天皇に恋歌を禁じたことについてはすでに亀井勝一郎が『現代史の課題』（中央公論社　一九五七年）において指摘してゐることを知つた。

元号そして改元

近頃、銀行の名前のつけ方がをかしい。たとへば、みずほ銀行。豊葦原《とよあしはら》の瑞穂《みづほ》の国を持ち出されると、ある程度以上の年の者は古色蒼然たる趣味に驚くし、若い人たちにはまつたく喚起力のない無意味な言葉だらう。こんな命名をする体質と開業早々の不手際とは、何か関係があるのぢやないか。りそな銀行のリソナはラテン語で「鳴りわたる」の意ださうで、なーんだ、resonant の語源かと不学を恥ぢた。実を言ふと、最初、いろは歌には、りそななんて箇所はあつたかしらと思案に耽《ふけ》つたのである。でも、この命名よりは、いろは銀行、ゆめみ銀行あたりのほうがまだしもましな気がする。

帝都高速度交通営団は前まへから誰も覚えない名前として有名だつたから、今度、東京地下鉄株式会社と改めたのはむしろ遅きに失するけれど、なぜ東京メトロなんて愛称を自分でつけるのか。国鉄がＪＲになつたのも不可解な話だつた。どうしてローマ字なんか使ふのだらう。もちろん製鉄関係の大会社がある以上、略称が日鉄とまぎらはしくなるやうでは困る。明治の歌人は鉄道を黒金道《くろがねみち》と呼んだが、これでは古めかしいし長すぎる。しかし鉄路といふ言葉があつて、これなら三音節で締つてゐる。鉄路東日本、鉄路西日本。いいぢやないか。工夫して、昔からある漢語を活用したいものだ。

ただし政治家が学者に頼んで名をつけてもらひ、自分の教養にない漢学をひけらかすのは悪い癖だ。池田勇人のグループが宏池会《こうち》と名のつたのはその代表だが、出典は『後漢書』馬融伝の広成頌、「高光の榭《うてな》に休息し以《もつ》て宏《ひろ》き池に臨む」と言はれても、宏で池田の選挙区の広島を匂《にほ》はせ、池で池田その人を露骨に指し示すこころだなと知れるだけで、別にどうつてことはない。付焼刃《つけやきば》の古典勉強には現代人に迫るいきいきした力がないのだ。もつと身についた言葉づかひをしてもらひたい。

しかしこの数十年間で最悪の名づけは平成といふ年号だつた。不景気、大地震、戦争とろくなことがないのはこのせいかも、と思ひたくなる。元号懇談会の委員のなかの一人、東洋思想が専門の某碩学《せきがく》が猛反対したのに押し切られたといふ噂を耳にしたけれど、本当に惜しいことをした。

中国の年号では平の字が上に来るものは一つもない。日本では、これ以前はただ一つ平治があるだけで、平治と定めるとき、中国の例を引いてもめたのだが、多勢に無勢だつた。果せるかなあの戦乱が勃発《ぼつぱつ》。翌年一月、改元。碩学が異を唱へた論拠はおそらくこれではないか。

しかしわたしが平成をしりぞけるのはこのためだけではない。日本語ではエ列音は格が低い。八世紀をさかのぼる原始日本語の母音体系は、a、i、u、öといふ四つの母音から成つてゐたと推定される(大野晋『日本語の形成』)。大野さんの説によると、このため後来のエ列音には、概して、侮蔑的な、悪意のこもつた、マイナス方向の言葉がはいることになつた。アハハと笑ふのは朗らかである。イヒヒとは普通は笑はない。ウフフは明るいし、オホホは色っぽい。しかしエヘヘは追従笑ひだ。エセとかケチとかセコイとか、例はいくらでも。なかんづくひどいのがヘで、例のガスを筆頭に、押されてくぼむのはヘコム、疲れるのはヘコタレル、言ひなりになるのはヘーコラ、上手の反対はヘタ、御機嫌とりはヘツラフ、力がないのはヘナヘナ、厭《いや》らしい動物はヘビ、と切りがない。ヘイセイ（実際の発音はヘエセエ）はこのエ列音が四つ並ぶ。明るく開く趣ではなく、狭苦しくて気が晴れない。これでは『史記』の「内平かに外成る」、『書経』の「地平かに天成る」にもかかはらず世が乱れるのは当り前だつた。原案を考へたのは例の宏池会の命名者と聞くが、この人は日本語の現実に暗かつた。そして懇談会には、メディア関係の大物や大学総長（専門はそれぞれ刑法学と病理学）などよりも、日ごろ言葉の使ひ方で苦労してゐる、語感の鋭い、詩人、劇作家、小説家を入れればよかつたのに。昔の学者や貴族は詩歌のたしなみが深かつたから、程度の高い年号制定会議ができたのである。

元号のせいで凶事がつづくなどと言ふと、縁起をかつぐみたいで滑稽かもしれない。しかしあれはもともと呪術的な記号である。その呪術性に気がつかないのは、フレイザー＝デュルケーム以後の文化人類学的思考に対する無知にすぎない。縁起ものだからこそ、平治のときのやうに、これはいけないとなると改元した。一世一元と定めた法律は、古代の慣行を捨てかねずにゐながら、しかも古人の知恵を無視して、生半可に近代化してゐる。早速、法律を手直しして改元すべきだらう。

本当のことを言へば、これを機会に年号を廃止し、西暦でゆくのが一番いい。尺貫法からメートル法に移つたと同じやうに、普遍的な制度にするのだ。たとへば岩波書店、講談社、新潮社などの本の奥付はみな西暦で書いてあつて、まことに機能的である。

後記　平成といふ年号に対する批判は大野晋さんの談話に負ふ所が多い。

東京大空襲のこと

『フォッグ・オブ・ウォー』（九月公開予定）を試写で見た。エロール・モリス監督の映画でアカデミー賞受賞作。マクナマラ元国防長官がほとんど出づっぱりで、回想し、証言し、反省する。基調は戦争への反対であり、話題は主として、彼がケネディ、ジョンソン両大統領の下でかかはつたベトナム戦争についての否定的見解だが、なかに日本とのいくさの思ひ出もまじる。戦争末期、若いマクナマラはグアム島にあつて、司令官ルメイの指揮下に、統計将校として働いてゐたのだ。東京大空襲について彼は言ふ。「たった一晩で、われわれは十万人の民間人――男、女、子供を殺した。戦争に勝つためなら一晩に十万もの民間人を殺していいのか。戦争が終ってから、ルメイはぼくに言った。もし敗《ま》けていたらおれたちは戦争犯罪人だね、と。その通りだと思う」。わたしは東京への無差別爆撃についてアメリカ人がこの種のことを述べるのをはじめて（しかも当事者の口からぢかに）聞いたので、その倫理感と率直さに衝撃を受けた。

一九九五年に出た『マクナマラ回顧録』では日本空襲には触れてゐない。一六年の誕生から六一年の国防長官就任までを最初の一章で語るのだから、省かれても不思議はないけれど。しかしわたしとしては、彼が最近の世界情勢によつて心を刺戟され、同時代史と自分史を兼ねるものにおけるアメリカの行状をいちいち検討してゆくうちに、四五年三月十日までさかのぼつたやうな気がして仕方がないのである。ベトナム戦争の話の途中にとつぜん日本のことが出て来るのはそのためだらう。たぶん彼はあやまちの発端をそこに見たのだ。

当然、気にかかるのは、これもルメイの部隊がおこなつた広島と長崎への原爆投下についてどう言及してゐるかといふことだが、たしか「広島、長崎を含む日本諸市への爆撃」といふふうに言つてゐて、もの足りない思ひがした。もちろんこれは、マクナマラは口にしたのに監督が削つたのかもしれないが、映画で見る限り、彼の悔恨は東京大空襲にあつて広島＝長崎の虐殺にあるのではないやうな感じがする。ひよつとすると、原爆投下のことに本式に触れるだけの心がまへがまだ出来てゐないのかもしれない。

などと変なことを言ふのは、何しろマクナマラはフォードの社長、アメリカ国防長官、世界銀行総裁を務めた人物だから、貫禄《かんろく》十分のしたたかな大物で、気働きがすごいし、はぐらかしや言ひのがれや空つとぼけが巧妙を極める。腹を立てる人もゐるかもしれない。しかしわたしは、さういふ男が敢へてベトナム戦争批判といふ火中の栗を拾ひ、さらに、当面の話題とは直接の関係がない、従つて別に口にしなくて差支へない東京大空襲を悔《くや》む姿に多大の感銘を受けた。これだけの切れ者が、世間的な分別は身につけたまま、しかし罪をあがなはうとする。それは生身の人間のする偉大な行為だといふ気がしたのである。ここでわたしは、みんながよく知つてゐる説話の作中人物を評して言はれた、振子《ふりこ》運動といふ言葉を思ひ出す。

イエスが捕まつたのち、ペトロは距離を置いてついて行つて、大祭司の邸の中庭にはいり、焚火《たきび》にあたつてゐた。一人の女中が彼を見て、「あなたはイエスの仲間だつたね」と言つた。ペトロは「違ふ」と答へ、前庭へ行つた。鶏が鳴いた。例の女中が彼を見て人々に言つた。「この男、あいつの仲間よ」。ペトロはまた否定した。すこしあと、人々が、「あいつの一味だな。ガリラヤ訛《なま》りだもの」と言つたので、ペトロは「そんな男のことなんか知らない」と誓つた。鶏がまた鳴いた。ペトロは、「鶏が二度鳴く前にあなたは三度わたしを否むだらう」とイエスが言つたことを思ひ出し、泣き崩れた。

このときペトロの心のなかで起つた事件の何と劇的なことか。彼は熱烈な信者である自分がイエスを公然と否認したことのみじめさに驚く。この絶望と悔悛《かいしゆん》によつて、キリストの出現と受難の意味が明らかにされる。信仰から挫折へ、挫折からさらに新しい信仰へ。この激しい転回を神学者ハルナックは振子運動と形容し、文献学者アウエルバッハはそれを援用して新約聖書の物語論的方法を説明したのだが、わたしはマクナマラの贖罪《しよくざい》にあのガリラヤの漁師の場合と似たものを感じた。

異様な受取り方かもしれない。マクナマラは宗教を売り物にしない。『フォッグ・

オブ・ウォー』では神は引合ひに出されない。しかし表面は信心とまつたく無縁に見える元国防長官の思ひ出話のほうが、たとへば、閣議をはじめる前にみんなでお祈りをし、何かにつけて神の加護を口にする大統領の演説よりも、遥かにキリスト教的な印象を与へるのである。伝統は思ひがけない所に顔を出すものだと誰かは言つたけれど。

内の美と外の美

古代日本語では所属の助詞が二通りあつた。ガとノである。ガは「我ガ背子《せこ》」「父母ガため」のやうに、自分ないし自分と近いものを受ける。ノは「漁夫《あま》ノ子ども」「諸人《もろびと》ノため」のやうにそれ以外のものを受ける。前者を内扱ひのガ、後者を外扱ひのノと言ふ（大野晋）。

「梅ガ枝《え》」といふ言ひ方が固定してゐるのは、梅は庭に植ゑるのが基本の形だつたか

らだらう。「桜ノ枝《えだ》」が標準的な言ひ方なのは、桜は山のものだつたからに相違ない。しかし『新古今』撰入の西行の詠に、

吉野山さくらが枝に雪ちりて花おそげなる年にもあるかな

がある。「さくらガ枝」といふ異例の用法に注目したのは、わたしの知る限り折口信夫ただ一人で、彼はこれをもつて西行がすでに長く吉野に住んでゐたことがわかると言ふ。つまりこの隠者は吉野山を自分の家の庭みたいなものとして意識してゐた。

この古代語法ガとノがよく示すやうに、内と外との区別は日本人にとつて重要なもので、われわれは伝統的に内を重んじ外を軽んじてきた。芦原義信の説によると、西洋建築は、外からしつかりと眺めるに価する正面性、左右対称、モニュメンタルな性格を持つてゐるし、それを鑑賞するため、前方に、建物の高さの二倍以上の距離をあけるやうに工夫されてゐる。すなはち外から眺める景観である。一方、日本では内部から外部を眺める。典型的なのは坪庭といふ「部屋の中から眺める小自然」である。そしてかういふ美意識のせいで、日本人には「外的秩序の整備というような都市計画

的発想」が欠落することになり、建築の壁面の看板や垂れ幕、屋上の広告塔、電柱や電線に汚される醜悪な都市景観が生《うま》れた（『続・街並みの美学』）。

内を大事にする代り外は顧《かへり》みない。それが現代日本の都市の醜さの一因であることは認めなければならない。柳宗悦は、生活と美とを結びつけて紋切り型の美のあり方を一変した偉大な批評家だが、彼の視野は家のなかに限られてゐた。その著作のどこを見ても、たとへば日本の都市が電柱と電線で乱雑になつてゐるといふ指摘はない。ロンドンやベルリンに行つても、東京とくらべて電柱と架空電線とで汚されてなくて快いといふ感想は書きつけなかつた。念のため、水尾比呂志さんに問合せてみたが、その種のことを読んだ記憶はないとのことであつた。柳における、益子の絵土瓶や大津絵や朝鮮の棚と簞笥《たんす》や出雲の紙やに対する愛着と、電柱と架空電線に対する無関心との対比は、わたしの言ふ日本的な内と外との違ひの、好個の一例となるだらう。

他の原因もある。江戸時代の都市は、家々の背丈がほぼ同じだし、色づかひも穏やかだし、電柱や架空電線はもちろんないし、秩序と調和を保つてゐた。郊外の景観も美しかつた。それゆゑにこそ借景などといふ（これこそ内から外を眺める態度の真打ちみたいなものだが）庭園作法があり得たのである。それが改まつたのは、だしぬけに到来した西洋文明のせいでの当惑と混乱によるものだらう。

ここでは話を電柱と電線に限ることにするが、あれだつて一八八七年（明治二十年）、東京の兜町、坂本町、南茅場町がはじめて電気の明りに照し出されたときは文明開化の象徴で、一国の首都の威信を示す装置だつたにちがひない。これは、藝術作品としての都市を作ることでナショナリズムを発揚しようとしたロンドンやパリが、最初から電線を地中化したことと好対照をなす。日本人の趣味はこのへんからをかしくなつたのだが、皮肉なことに、ちようどこの前後から西洋はジャポニスムの刺戟を受けて生活の藝術化に目覚めた。われわれは生活の藝術化を忘れなかつたし、柳宗悦の運動はそれを強固なものにしたが、しかし美意識の対象は「内」に局限されてゐた。すなはち伝統的な内と外との区別と西洋文明の急激な受容とが重なり合ひ、雑然とした街のなかで暮してゐる。

架空電線は、すこしはよくなつた。一九五五年（昭和三十年）、俳人中村汀女は銀座四丁目の「金網の出来そこなひ」のやうな電線網を嘆いたが、その後、銀座の電線は地中化されたし、九五年（平成七年）、電線共同溝法が制定されて事態は進展した。しかしそれは都心のごく一部のこと。電線地中化率は、ロンドンとパリでは一〇〇%、ベルリンでは九九％、ニューヨークでは七二％なのに、東京二十三区では五・二％。しかも幹線道路での無電柱化はわりに進んでゐるものの、住宅地の路地などでは、ケーブル・テレビ、有線放送などのせいでかへつて蜘蛛の巣が増えてゐる（松原隆一郎）。海外旅行ばやりで欧米の諸都市を訪れた日本人（政治家や官僚を含む）の数は厖大《ぼうだい》なものなのに、たいていの人は柳宗悦と同じ流儀で街の眺めを見て来たのだらうか。

日本人と野球

アメリカ的思考を広い範囲の日本人に、具体的に、そしてじつくりと教へてくれたのはプロ野球である。映画でも、テレビでも、ラジオでも、新聞でも、雑誌でも、本でも、そしてもちろん学校でもなく、プロ野球。いや、それはやはりハリウッド映画だらうとか、あたしは野球なんて関心ないものとか、憲法のことを忘れちや困るとか、意見はいろいろあるでせうが、まあ一つ聞いて下さい。

「プロですから」といふのは戦後日本で一番口にされた決り文句である。みんながよく使つたし、今も使ふ。主として誰かの悪口を言ふときに、多少のいたはりをこめて。その前提には、何かを職業とする以上、専門的技能をしつかり身につけてゐなければならないといふ考へ方があつた。そして不思議なことに、これは日本人にとつて職業観の変革だつたから、この言ひまはしがはやつたのである。多分、日本人の代表は侍で、あれは専門職でなく、現代の官僚と同じく何でも屋それともアマチュアなので、いざとなれば腹を切ればすむから（これは官僚はしない）、普段はきびしいことが要求されなかつたのだらう。つまり日本人はプロ野球によつて職業と技術の然《しか》るべき関係を学んだ。

戦前の日本ではスポーツはもつぱら教育と結びついてゐて、学生や生徒のするものと思はれてゐたから、「プレイヤー」の訳語は「選手」（学校のなかから選ばれた者）だつたし、職業野球は軽んじられてゐた。この底には金銭への蔑視や、あるいは蔑視するふりをするいかがはしい精神主義、それから遊びを馬鹿にする真面目がりなどがわだかまつてゐたらう。プロ野球は金銭の重視と遊戯的人間といふ人間観とを同時に教へた。

それからもちろんその他いろいろのことも。一生一つ所に勤めるのが立派といふ国民的固定観念をきれいに払拭《ふつしよく》したのはトレード制度だつた。役割分担がうまく行つたときチームが成立つことも野球でわかつた。優勝といふ団体の栄誉のほかに、首位打者とか、ホームラン王とか、ベスト・ナインとか、ゴールデン・グラブ賞とか、さまざまの個人賞を用意する工夫は、評価の多元化が人心を励ますことを教へてくれた。公式戦の途中にオール・スター戦がはさまれ、公式戦が終ると日本シリーズといふ盛り上げ方も、とかくお祭の趣向の立て方が単純だつたわれわれには参考になつた。

こんな調子であげてゆけば切りがない。でも、とりわけ大事なのは数量化する態度を学んだことだつた。われわれは野球によつて、打率とか、防御率とか、セーブ・ポイントとか、ゲーム差とか、その他あれこれの、数字による明快で能率的な認識の方法を刷り込まれた。これと対になるのは、図形によつて視覚的にそして瞬時に伝へる方法を教はつたこと。つまり守備のフォーメイションとか、ストライク・ゾーンの九分図とか。順位表や打撃ベスト・テンの表もついでにあげて置かうか。これは新しい手口で、戦前の日本人はもつと漠然とした、おつとりした流儀で外界をとらへてゐた。十六世紀西欧は数字と図形によつて現実の総体を数量的にそして視覚的に一挙に把握する方法を発明し、それが資本主義と帝国主義の基本になつた、とA・W・クロスビーは言ふけれど（『数量化革命』）、現代日本人は西洋近代の合理主義の実務を、プロ野球を経由して学び取つたことになる。農業国から工業国への移り変りも、村落性から都市性への展開も、かなりの程度、かういふ勉強のおかげだつた。

しかしねえ。国民は学んだけれど、野球界は話が違つた。もちろん選手たちは本場に行つても通用するくらゐ腕が上つた。それなのに業界全体はアメリカ的思考を身につけることがつひにできなかつた。

現場のほうで言へば、相変らず選手に対する体罰がやまない。あれは黙認どころか奨励されてゐて、「鉄拳野球」などとファンが監督をおだてたりする。しかし三原の西鉄ライオンズは選手を殴らずに何度も日本一になつた。これは豊田泰光さんの證言がある。そして外国人選手はこの野蛮な制裁を見ることを最も嫌ふとやら。無論アメリカ野球にはないことで、おそらく旧日本軍の蛮風に由来するだらう。

しかしフロントのほうはもつと深刻で、プロ野球機構はアメリカ野球にちつとも学ばうとしなかつた。コミッショナーは権限が何もなく、有力オウナーの傀儡《かいらい》にすぎない。ドラフトのとき、成績の悪かつたチームから順に指名するといふ公平な仕組も、テレビ放映による収入を全球団で分けるといふ共存共栄の才覚も、大リーグから習はなかつた。アメリカの悪い所だけ真似をしたあげくこんなことになつたと野村克也さんは評したけれど、まことにその通り。さういふ学習拒否の結果として近頃の昏迷がある。それにしても皮肉な話だなあ。今の日本野球最高の実力者がかつて某紙のワシントン支局長だつたなんて。

街に樹と水を

住ひの近くに個人タクシーの運転手さんのお宅があつて、顔を合せれば挨拶《あいさつ》する。そのお宅は某省の職員住宅の隣りで、これは以前は一軒建てがいくつか点在して、木立が茂つてゐた。ところが、一つにまとめられて大きくなり、広い庭に樹がひよろりと一本だけになつたら、夏が暑くて、その辛いこと辛いこと、樹々のおかげであんなにいい思ひをしてゐたのかと思つてびつくりした、といふ話を聞いたことがある。

暑さにあへぎながら、もうすこし涼しい街で暮したいものと毎日かこつ一夏だつた。それでついこんなことから書き出したのだが、さう言へば十年以上も前、「東京人」といふ雑誌が首都のありやうについて外国人建築家たちに質問したとき、彼らが口を揃《そろ》へて電柱と架空電線を非難してゐたなかでの、クリス・セドンさんの答を思ひ出す。いはく、電柱を一本づつ木に替へるといい、と。これはたしかに一石二鳥の名案で、街を美しくするだけではなく、空気を清らかにする。ここでピーター・トーマスの『樹木学』から引用すると、

……都市域では樹木が汚染物質をつかまえて吸収し、気候を穏やかにする。都市の樹木が病院でのストレスを減らし快復《(ママ)》を早める効果があるという研究結果があるのも頷《うなず》ける。成熟したブナの木は毎年10人の必要を満たす量の酸素を生産し、大気中のCO_2を1時間に2kg固定する。

と、いいことづくめなのだ。

また同じ雑誌だが、「東京人」の9月号で、全日空の特別顧問である野村紘一さん

が観光問題を論じ、わが国を訪れる観光客がすくない理由をたくさん並べたあげく、これに反してロンドンは自然が豊かで街全体が遊園地であるため魅力に富む（丸谷注、人口一人あたりの公園面積は、ロンドンは26・9平方メートル、東京は4・45平方メートル）と述べ、東京は「電柱・電線を地中に埋め、街に緑を取り戻し、私たちも住みやすい環境を作ることが必要です」と語つてゐた。電柱と架空電線を廃止することは観光政策にも貢献するのだ。近頃は屋上緑化といふことがしきりに言はれて、もちろんそれはいいに決つてゐるけれど、それと共に、あるいはその前に、地上に樹を植ゑたい。街路の緑は歩行者の心を養ふし、それが大樹となればなほさら効果的なのだから。

これはわたし一人の意見ではない。芦原義信は、ケヴィン・リンチや奥野健男の説を援用しながら、幼少期に親しく接した巨木の威厳と気品にみちたイメージが人格形成に役立つと述べてゐた（『街並みの美学』）。また、「たとえば、東京なら銀座四丁目や数寄屋橋の交叉点《こうさ》の中心に一本の大樹を植え」ることを提案してゐた（『続・街並みの美学』）。賛成。実はわたしの仕事部屋の前方二十メートルには、わりに大ぶりの欅《けやき》の樹が一本あつて、四方にゆつたりと大枝をのべ、さはやかに葉を茂らせて、日頃わたしを慰めてくれてゐるのだが、こんな調子の樹があの殷賑《いんしん》を極める交叉点にあつたら嬉《うれ》しからう、首都の魅惑と貫禄《かんろく》を増すことだらうと心に思ひ描く。

樹木に対するかういふ思ひ入れは由緒が深い。樹はシンボリックなモチーフとして最もよく知られる、そして最も含蓄に富むものの一つである。それは日々の暮しのなかで親しまれ、聖なる記念物として崇《あが》められる。ここで一般に樹木が、根は冥界、幹は現世、葉叢《はむら》は天界と対応するため全世界の象徴となるといふ事情については改めて説明するまでもなからうが、そんなこともあつてか、樹木の多い街には神話的な気分がただよふことになる。

このところ西洋では庭園都市といふ都市論が盛んで、しかしこれは幕末のころ日本を訪れて江戸の街の美しさに感銘を受けた旅行者の報告に端を発するらしいと川勝平太さんは推定している由（松原隆一郎『失われた景観』）。となると、われわれは彼らから工業化に伴ふ都市の醜悪さを取入れ、向うは街の洗練と優雅をこちらから習つたわけで、まことに皮肉な交換教授であつた。日本はこのやりとりの損失を反省しなければならない。

もちろん夏の街を涼しくするものは樹だけではない。水もこれと並ぶ。そして江戸の街を縦横に走る川と掘割を埋立てつづけたのが東京百数十年の歴史であつたし、それにいつそうはづみをつけたのが戦後の都政にほかならない。とすれば、近頃、汐留に林立する高層ビルが東京湾からの海風をさへぎり、炎暑がいよいよひどくなつたのも必然の勢ひか。ここでわたしは、政治経済についてはともかく文明について語る人のすくないことを寂しく思ひながら、ゆるやかに涼をとる。一句あり、

団扇《うちは》には川を一すぢ描いてくれ

新聞と読者

新聞は四種類の人々の協力によつて作られる。(1)新聞社の社員（記者、カメラマン、その他）、(2)文筆業者（新聞小説の作家、漫画家、評論家、その他）、(3)広告関係者（デザイナー、コピー・ライター、その他）、(4)読者（文章および短歌俳句などの投稿者）である。

新聞を論じる際、(4)の読者たちの寄与はとかく見落しがちだが、わたしは読者の投稿を読むのが好きで、なるべく目を通すことにしてゐる。常に、とはゆかないが、ときどき拾ひ物がある。朝日新聞（東京本社版）七月三日の「声」欄では、桜井芳彦さんの、燕《つばめ》の巣がこはれて落ちたのをカップ麺《めん》の空容器と布テープで繕《つくろ》つてやつた話を楽しんだ。二羽の子燕は助からなかつたけれど、残りの何羽かは巣立つて行つたさうで、まことにめでたい。小道具が今風でしかも俳味がある。歌仙の付句に使へさうだ。それからまた八月二十一日、山本富美子さんは、旅先のＪＲ小倉駅で、電車とプラットフォームとの段差が三十センチ（！）もあつたせいで転び、全治二ケ月の骨折をしたことを報告し、「よく今まで事故もなく放置されていると、駅を利用する方々の辛抱強さと注意力に頭が下がる思いです」と皮肉つてゐた。抑制のきいた文章でなかなかうまい。ＪＲ当局、もつていかんとなす。

などと言つたあとでこんなことを書くのはをかしいかもしれないが、しかしわたしはかねがね、日本の新聞の読者投稿欄には自己身辺のことに材を取つた感想文が多すぎると思つてゐる。むしろ新聞のニュース、写真、論説、コラム、評論などに対する賛否の反応を寄せるのが本筋ではないか。読者の同感や反論、批判や激励は紙面をにぎやかにし、(1)(2)(3)にとつて参考になり（もちろん(4)にとつても）、さらには社会を活気づけるなど、いいことづくめのはずだ。

わたしはイギリスの週刊新聞をいくつか読んでゐるのだが、どうもこの点が大きく違ふ。向うの投書は読んだばかりの紙面をきつかけにして対話し、論證しようとする。公的である。こちらの場合はそれよりもむしろ日常生活によつて触発される傾向が強く、私的であり、独白的であり、情緒的になりがちである。その抒情《じょじょう》性において短歌俳句欄に劣らないことがしばしばだ。

イギリスの新聞の投書欄は「編集長への手紙」という題のものが多いが、その名の通り、編集長をいはば首相兼議長役にして、⑴⑵⑶⑷の四者が共通の話題をめぐり論議をつくす点で、あの国の政治の雛形《ひながた》になつてゐる。それとも、新聞の一隅がかういふ調子になるくらゐだから、政治もあのやうな仕組になると見るべきか。もちろんこの根底には、民主政治は血統や金力によるのではなく言葉の力を重んじるといふ大前提があるにしても。そこでわたしは、われわれの読者投稿欄がもつと充実し、甲論乙《こうろんおつ》駁《ばく》が盛んにおこなはれ、対話と論證の気風が世に高まれば、政治もおのづから改まり、他愛もない片言隻句を弄するだけの人物が人気を博することなどなくなるだらうと考へて、自国の前途に希望をいだくのである。わたしは主義として、邦国の運命をなるべく憂へないやうにしてゐる。

興味深いことにイギリスの場合、読者の投書には住所と姓名があるだけで、年齢と職業は記してゐない。この慣例は、誰の言論も同格といふ原則を示してゐるし、すくなくともこのほうが楽な気持で投稿できるだらう。自分の職業を一語で表現することはかなりむづかしい場合もあるし、年齢を口にしたくない人もゐるはずだ。

長短がとりどりなのもおもしろい。画一主義でなく実際的で、必要な場合にはたつぷりと紙数が与へられる代り、短くてすむものは数行である。この簡潔さは、たとへば単純な誤りを指摘するのに向いてゐる。このあひだの「スペクテイター」には、先週、某コラムニストがアテネ・オリンピックについて、これまでの最小の主催国による大会と記してゐたけれど、ヘルシンキ・オリンピックはもつと小さな国によつておこなはれたと述べる、フィンランド人の投書があつた。この愛国心の発露はわたしを微笑させた。また、短いことは冗談を言ふのに適してゐる。たとへば先日の「サンデー・タイムズ」の例。

ネルソン死後二百年を告げるあなたの新聞の記事（先週のニュース・セクショ

ン）において、彼の遺体は「ブランデーの樽《たる》に入れられて帰国した」とありましたが、そのブランデーはナポレオンじるしだつたでせうか。

サリー州ユーウェル

ダン・グリーン

ここでわたしは、さう言へば日本の議会のやりとりにはユーモアがまつたくないといふことを思ひ出す。

「吉田秀和全集」完結

この十二月で「吉田秀和全集」全二十四巻が完結する。それをわたしは全集23『音楽の時間V』で知つたのだが、この千秋楽は現代日本文化にとつて特筆すべき事件だと思つた。生前の個人全集は多いけれど、完結で感慨にふけるなんて滅多《めつた》にない。いや、はじめてかもしれない。どうしてこんな例外的なことになるかといふと、前まへから、現存する日本の批評家で最高の人は吉田さんだと評価してゐるからだ。もちろん少数意見に決つてゐる。しかしこれは、盲点みたいになつてるせいで見落してゐる向きもあるはずで、視野を広く取つて眺望すればかなり納得のゆく考へ方だと思ふがどうだらうか。

打明け話をすると、批評家としてのわたしは吉田さんに師事してゐるらしい。ものの考へ方といふ点でも、文章術といふ点でも、じつに多くのことを学んだ。日本人の先輩で、こんなによく、具体的に教へてくれる人はほかにゐなかつた。これは、吉田さんにすこしある文学関係の評論から教はつたといふ意味ではない。もちろん永井荷風論はじめ佳什《かじゆう》はすくなくないし、愛読はしたが、それよりもやはり本筋である音楽評論がためになつた。当然のことながら心のゆとりが違ふし、奥が深いし、あの手この手がすばらしい。とりわけ作品の地肌を丁寧に味はひ、それをきれいに描写しながら、その作品を伝統と文明のなかに置く態度。これは日本の批評では意外に稀なことで、文藝評論ではわたしはそれを主としてイギリスの作家の書く小説論で勉強したやうな気がする。

吉田さんの名品として、ここではとりあへず『モーツァルトのコンチェルト』といふ一文を例に引くことにするが、あれは少年時代、楽譜を買つて来てピアノで「遊んだ」思ひ出話を上手に語つて楽しませてから、モーツァルトのピアノ・コンチェルトといふ不思議なものの機能と性格と魅惑を、論理とレトリックの妙を盡してすつきりと解き明し（ここが読みごたへ充分で堪能させる）、そのついでに彼の楽譜をめぐる奇妙な逸話を紹介して、モーツァルトと十八世紀との関係について考へさせる仕組になつてゐた。ぢかに論じるわけではなくて、こちらが考へるしかないやうに仕向けて、ぽんと終る。自伝的随筆と評論とそれからあれは何だらう、個人指導（tutorship）とでも言ふのかしら、とにかくその何かとを組合せてのあざやかな藝だつた。まだお読みになつてない方はどうぞすぐにでも。全集1にはいつてゐます。

ここで昭和批評史みたいな話になるが、この数十年間の日本の批評は、小林秀雄の悪影響がはなはだしかつた。彼の、飛躍と逆説による散文詩的恫喝の方法が仰ぎ見られ、風潮を支配したからである。無邪気な批評家志望者たちはみな、彼のやうにおどしをかけるのはいい気持だらうなとあこがれた。さういふ形勢を可能にした条件はいろいろあるけれど、大ざつぱな精神論が好まれ、それはとかく道学的になりやすく、その反面、対象である作品の形式面や表現の細部を軽んじて、主題のことばかり大事にしたのが深刻に作用してゐるだらう。つまり文藝の実技を抜きにして、いきなり倫理とか政治とか人生とかを扱ひがちだつたのである。小林の『本居宣長』が、この国学者にとつて生涯を通じて大切なものであつた『新古今』との関係をないがしろにし、墓の作り方の話に熱中したり、日本神話の原理主義的受容を褒めそやしたりするのは、自分でそのやうな形勢を代表したものであつた。

吉田さんの方法はまるで違ふ。いつも音楽の実技と実際とがそばにある。鑑賞も思考も武断主義的でなく、但《ただ》し書がつけられたり保留があつたりしながら、なだらかに展開するし、しかもそれが鋭い断定や広やかな大局観を邪魔することは決してない。散文の自由自在と論旨の骨格とが両立し、むしろ互ひに引立てあふ。わたしがいつの間にやら私淑《ししゆく》したのも、かういふ筆法のせいが大きいだらう。

二人の批評家は鎌倉で住ひが近かつた。そのつきあひの様子が書いてある（全集23）。

私の知る小林さんは実に親切で情に篤《あつ》い人だったが、反面、何とも潔い人でもあった。これはあの啖呵《たんか》の連続みたいな、思い切りがよくて飛躍に富んだ彼の文体によく出ている。（中略）

最後の大著は『本居宣長』で、ある日何の前ぶれもなく風のようにわが家を訪れた小林さんは「君、出たよ」と言いながら、真新しい本を置いていった。それからしばらくして、お宅に上がった折「やっぱり私にはこの本はわかりません」と申し上げた。せっかくの好意に、正直にいうよりほかないのが悲しかったが。

そしてわたしは、吉田さんが、『本居宣長』を賞揚する多くの人と違つて、宣長をずいぶんよく読んでゐることを知つてゐる。

釋迢空といふ名前

折口信夫は、学問のほうの著作は本名で、短歌、詩、小説のときは釋迢空《しやくちようくう》といふ名で発表した。つまり、たとへば『古代研究』や『日本文学啓蒙』は折口信夫の名で、『海やまのあひだ』や『死者の書』は釋迢空の名で。

歌人たちはこれを単なる筆名と取つて、折口を「釋さん」などと呼んでゐたらしいが、「釋」は浄土真宗で出家した者および死者の法名の上につける語である。わたしは門徒の家に生れたのだが、一九五六年（昭和三十一年）、父が亡くなつたとき、釋道安といふ法名を見て、おや、折口信夫の別名は釋迢空だつたなと思ひ、そしてそれ以上は何も考へなかつた記憶がある。迢空も道安もシンニユウの字とウカンムリの字との組合せだから、そんなことが心に浮んだのか。

釋迢空といふ名のことは、弟子たちでさへ何だか変だなあと思ふ程度で、誰も本式に問題にしなかつたやうである。わたしはそのころ國學院に勤めてゐたのに、折口に対する関心は薄かつたし、数年後『新古今』に親しむあまり、その道案内として彼の全集をほとんど通読する形になつても、この異様な名について考へたことはつひぞなかつた。

二〇〇〇年（平成十二年）、富岡多恵子さんは『釋迢空ノート』において、これは藤無染《ふぢむせん》がつけてくれた法名であらうと推理した。無染は真宗の僧で、折口は一九〇五年（明治三十八年）九月、十九歳で國學院に入学した際、「麹町区土手三番町の素人下宿の、新仏教家藤無染《フヂムセン》（摂津国三島郡佐位寺の人）氏の部屋に同居。（中略）年末、藤無染に具して小石川区柳町に移る。この年、作歌約五百首」と自撰年譜にある。おそらく折口は十三歳の年の夏、一人旅をしてゐるとき、九歳年長の青年に逢《あ》つて恋仲になり、何度もいつしよに旅をし、同棲し、〇七年、無染の結婚によつて彼らは別れたはずで（その二年後に無染死す）、それゆゑこの名は初恋の人のかたみであつたと富岡さんは考へるのである。謎を意識化した態度も、謎ときそれ自体も、見事と言ふしかない。

そして二〇〇四年（平成十六年）、安藤礼二さんが『初稿・死者の書』の解説『光の曼陀羅《まんだら》』において、無染の編著である小冊子『二聖の福音』（仏陀の生涯とキリストのそれとが同一であることを日英両語で示す）の発見を報告し、彼の信仰と思想を探つた。どうやら無染の「新仏教」とは神智学（黙想と直観を重んじる神秘思想で、世界の諸宗教の統合を目ざす）的傾向によつて仏教とキリスト教を結びつけようとするものだつたやうで、その背景には西方の比較宗教学や景教研究やそれから若い鈴木大拙の探求が控へてゐた。師であり恋人である男の学識と世界観は強烈な刺戟を与へ、折口の学風を定めたやうである。たとへば生涯を通じて変らぬキリスト教への執着も、この線でたどれば急にわかりやすくなるだらう。安藤さんは嘆賞に価する成果をあげた。

ただし富岡さんも安藤さんも、「迢空」といふ語の意味には触れてゐない。これに関しては私見（と言つたつて『諸橋大漢和』を引いたら犬も歩けば棒に当るみたいにして出会つたにすぎない）があるので、それを一つ書きつけて置きたい。無染と迢空の状況にしつくり当てはまる気がしてならないのだ。

この辞書には「迢空」そのものは載つてゐないが、「超空」はある。しかも「迢」を引くと、

㊀はるか。㊁迢遰は、高遠で通じない。㊂迢迢は、たかいさま。㊃超に同じ。
（下略）

とあるから「超空＝迢空」と取つて差支へない。「超空」の項目にはかうある（ただし『抱朴子』からの引用は岩波文庫本による形にして、書き下しに改める）。

山魅の名。小児に似て一足。（太平御覧、妖異部、精）抱朴子いはく、山中の山精の形は小児の如くにして、独足もて走りて、後ろに向ひ、喜び来りて人を犯す。人の山に入りて、もし夜人《よる》の音声もて大語するものを聞かば、その名を蚑《き》と

いふ。知りてこれを呼べば、即ち敢へて人を犯さざるなり。一に超空と名づく。

『抱朴子』は道家の書だから、新仏教の徒が目を通してゐても不思議はない。すなはち彼は十代の恋人を山の妖精になぞらへたので、「超」よりも「沼」のほうが詩情に富むと考へるだけの素養はもちろんあつた。

そこで、こんな情景が心に浮ぶ。二人は山歩きを好んでしばしば山中を放浪したわけだが、そのときたまたま少年は片足を傷めてゐた。それで年長者は彼を幼い山中の妖怪、沼空に見立て、さらに、上に釋とつければ絶好の法名だと言つたのではないか。いかにも若くして世を去る真宗の僧にふさはしい、哀れの深い冗談だつた。

後記　読者の方から、「空」の部首はウカンムリではなくアナカンムリだといふ指摘があつた。厳密に言へばその通りである。

日本文学の原点

つひにゆく道とはかねて聞きしかど昨日けふとは思はざりしを

在原業平

契沖はこれを評して、「業平は一生のまこと此歌《この》にあらはれ、後の人は一生のいつはりをあらはすなり」と述べた。一生のまこととは、色好みで恋歌をよく詠んだといふことで、率直な人だから死に際にこれだけ正直な歌ができる。近頃の儒教かぶれが辞世で嘘をつくのとは大違ひだ、といふのである。一般に国学者たちは中国文学の恋愛否定に眉をひそめ、あれは真赤な嘘だと思つてゐた。この件に関しては、本居宣長は契沖よりももつと過激だつた。

これはあやしむのが当然で、中国の一流文学は色情を嫌ふ。『唐詩選』四六五首のうち、男女の仲に触れるものは十首弱。しかもエロチックな味は淡い。一方、勅撰集は恋歌と四季歌が中心だが、春夏秋冬を扱つても恋がらみが多いし、彩りは濃い。『源氏物語』はわが大古典で、中央に聳えるのに対し、『紅樓夢』は後世の孤立した名篇にすぎない。この極端な対比を国学者たちは大問題としてとらへ、日本文学が下等なのかと悩んだあげく、いや、向うが人生の一大事について口をぬぐつてゐるのだと判断した。西洋文学を知つてゐれば、隣邦の文学が特殊だとすぐにわかるけれど、さういふ条件に恵まれてゐないから、事態は深刻だつた。

しかしここで重大な疑問が一つ浮ぶ。どうして日本文学はこんなに恋を大事にしたのか。唯一の先進国の文学的信念に、『万葉』以来なぜ一貫して逆らひつづけたのか。ほかの事柄ではみな先輩に従つたのに、この点でだけなぜ強情を張ることができたのか。この難問に答へるためには、大野晋さんの、日本語は南インドのタミル語を起原とするといふ説に頼るしかない。

わたしは大野さんをずいぶん尊敬してゐるけれど、あの系統論には、はじめのうち半信半疑だつた。それが、日本語アハレはタミル語 av-alam に由来するといふ説に接して愕然とした。av-alam の語義および語感が、わたしが王朝和歌を一通り読んで馴染みになつてゐるアハレの語義および語感ときれいに一致するのである。以来わたしは、古典を読んで注釈に納得がゆかない場合、大野さんの本とバロー／エメノーの『ドラヴィダ語語原辞典』（オクスフォード版のタミル語辞典）に当ることにしてゐる。これが一番効率がいいのだ。

しかし大野理論にも弱点はあつた。弥生時代のはじめ、稲作文明といつしよにタミル語が渡来して、それが南方系の原日本語に作用し、日本語が生れたといふのだけれど、弥生時代は紀元前四世紀か前五世紀にはじまる。そして『古事記』『万葉集』は八世紀。千二百年かそこらで言語があそこまで発達し成熟するものかしらとわたしは疑つたのである。

ところが大野さんの学際的な新著『弥生文明と南インド』（岩波書店）は自説を正

して言ふ。最近、国立歴史民俗博物館の研究チームは新しい測定法によつて、弥生時代は紀元前十世紀にはじまつたと考へてゐる。これに対して、それでは中国で鍛鉄ないし鋳鉄がはじまつたよりも早く日本は鉄を持つてゐたことになる、をかしい、といふ説が出たけれど、しかしこれは南インドから日本へぢかに鉄が来たと考へればよからう。タミル語は紀元前十世紀に渡来したのである、と。すなはち日本語の発祥から『古事記』『万葉』まで、千七百年を閲《けみ》することになつて、これならあの生きのいい開花までの充分な準備期間だと納得がゆく。わたしのささやかな疑惑は失せた。

そこで改めて言ふと、中国文学があれほど色恋沙汰を排斥したのにわが文学が男女の愛を大切にしつづけたのは、タミル文化の刷り込みのせいである。あれが決定的に働いた。こんなことを口にすると、小説家にふさはしい空想と笑はれるかもしれないが、しかしタミル文学の古典詞華集『サンガム』は恋愛詩を重んじてゐるし、その詩は五音と七音とによつて成るものが多いし、古代タミル社会の結婚はわが古代習俗と同じく妻問ひ婚で、男が女の家に通ふものだつた。『サンガム』も『万葉』も夫の来るのを待つ、来ないのを嘆く、女の歌が多い。それに、不動産が母から娘へと相続される母系家族制だといふ点でも事情はまつたく変らなかつた。

すなはち柿本人麻呂から谷崎潤一郎に至るわれわれの文学の淵源は、三千年前の南インドにあつた。そこにおいて基本的な性格が定められたせいで、漢字を借りて仮名を作つたにもかかはらず、中国文学に支配されずにすんだ。個性を守り伝統を育てることができたのである。わたしは来世といふものを信じないけれど、しかしもしいつの日か契沖や宣長と対面する機会があつて、この話を報告できたなら嬉しいとは思つてゐる。

演劇的人間

襲名で大事なのは、単に先代の名をつぐだけではなく、同時に初世以来の歴史を引受けるといふことである。つまり今度の場合で言へば、五代目中村勘九郎は父である中村勘三郎のあとをおそふだけではない。寛永のころの元祖猿若勘三郎から十七代目までに至る総称としての中村勘三郎の名を継承するのである。しかもこの名跡は歌舞伎全体にとつて重要な意味を持つものだし、新しい勘三郎はこの名にぴつたりの人だ。

われわれはそのことを心のどこかで感じ取つてゐるから、それでこんなに喜ぶのである。もちろん彼個人の人気といふことは大きいにしても。

しかしかういふ言ひ方ではわかりにくいかもしれない。一つゆるゆると説明しよう。明治時代、三木竹二といふ劇評家がゐた。本名森篤次郎で、鷗外森林太郎の弟。彼はいはば新しい劇評の創始者で、團菊の演技に陶酔して歌舞伎の魅惑を探りながら、しかし西欧の演劇を遙かに望み見てゐた。その態度は責任感の強いまじめなもので、その文章は鑑賞と分析と描写に長《た》けてゐる。早く世を去つたが、三宅周太郎も戸板康二も彼に私淑してゐるし、渡辺保さんに至つては、多年埋れてゐた劇評を集成して『観劇偶評』（岩波文庫）を編むことさへした。

その本に収める一文に、同じ月の歌舞伎座と東京座とを比較した箇所がある。出し物の並べ方と役者の顔ぶれでは後者がまさると思つてゐたのに、前者のほうが上だつた。この理由は「役者の呼吸《いき》の合ふと合はぬとにあるやうです」。歌舞伎座を見て「先づ第一に感服したのは、一座が好く和熟して、悪い役でも役不足をいはず、神妙に勤めて相手を引立てるので、舞台がシツクリして隙《すき》のないところです」と評する。「和熟」は「アンサンブル」の訳語として案出したものだらう。江戸の評判記などには見かけないやうだ。当り前である。歌舞伎は極端なスター中心を建前とするから、全俳優の演技を統一して総合的効果を狙ふといふことは、たとへ実際にはある程度おこなはれてゐても、くつきりと意識されたり主張されたりするはずはない。それなのに歌舞伎の伝統を大事にする三木が、敢へてアンサンブルを強調する。これは兄鷗外のみやげ話を耳にしたり、海外の演劇書や新聞雑誌を読んだりしてこのことの必要に気がつき、いはば歌舞伎の近代化を説かうとしたのではないか。六代目菊五郎の近代歌舞伎には、三木の劇評に触発された面がかなりあるはずだとわたしは推定してゐる。

そしてこのアンサンブルこそ六代目の孫、新勘三郎の特質である。踊りがうまい。芸域が広い。愛嬌がある。芝居ごころがある。いろいろ言はれるし、みな当つてゐるけれど、しかし総合的効果を作る才の豊かさにわたしはとりわけ注目したい。

先年、同じ月に二つの劇場で『忠臣藏』を競演したことがある。新橋演舞場では昼夜通しで大序から十一段目まで。ただし二段目と八段目から十段目までは除いて。そして歌舞伎座では八段目と九段目を。この九段目「山科閑居」が逸品だつた。仁左衛門の加古川本蔵、玉三郎の戸無瀬、勘九郎のお石、富十郎の由良之助が気が合つて、さながら名弦楽四重奏団の最上のときといふ趣。そして第一ヴァイオリンに当るのが勘九郎といふことは明らかに見て取れた。全体の調和を心がけながら軸となつて勤めてゐたから。後日、対談の席でこの話をすると、果せるかな彼は、「山科閑居」は梅幸の型のお石にあこがれてゐた、「梅幸のをぢさんはアンサンブルの人でしたね」と語つたのである。

これでいろんなことが納得がゆく。たとへばニュー・ヨークにおける『夏祭浪花鑑』の成功。単なるジャポニスムといふ程度で、あれだけの反響が得られるはずはない。彼ら自身の演劇と同じ正統的なものを味はひ、楽しんだからの反応で、その際に大事なのは勘九郎の、常に作品総体としての感銘を重んじる方法意識が成果をあげ、共感を呼んだといふことである。その、個人プレーに励みながらしかもチーム・ワークを大切にし、演出面にも気を配るといふ態度は、このニュー・ヨーク公演やコクーン歌舞伎その他で発揮されたプロデューサー的才能に通じるものだ。すなはち新勘三郎は、俳優、アンサンブルの作り手、演出家、プロデューサーを兼ねる演劇的人間なのである。

ここで話は初世以来の勘三郎といふ名跡のことに戻る。初代勘三郎は立役の名優で、道化方としても聞え、東都に出て、江戸の歌舞伎小屋のはじまりである猿若座を創立した。まるでニュー・ヨーク最初の歌舞伎小屋みたいぢやないか。猿若座改め中村座は市村座、森田座と並んで、江戸三座の一つとして栄え、たとへば十一世勘三郎の代には鶴屋南北の『東海道四谷怪談』で大当りを取つた。かういふ由緒ある座元にしてかついい役者を兼ねる名跡に、新しい勘三郎は本当によく似合ふ。

「新古今」800年

一二〇五年（元久二年）三月二十六日、『新古今和歌集』の竟宴《きようえん》（完成祝ひ）がおこなはれた。実はこのあとも編集はつづいたし、新暦と旧暦との関係もあるが、さういふことを気にしなければ、もうすぐ『新古今』800年。まことにめでたい。これは和歌の絶頂を示す詞華集で、すなはち日本文学の最高の精華だからである。本居宣長は、『新古今』は『古今』をしのぐと断定し、この集中の名歌をよいと感じない者は風雅の情を知らぬやからだと憎まれ口をきいた。そしてわたしに言はせれば、『平家物語』も芭蕉の俳諧もこの本の決定的な影響下に生れた。

『新古今』の研究者は数多いが、近代の学者のなかで最も目ざましい成果をあげた人は小島吉雄。普通の勅撰《ちよくせん》集の場合と違ひ、下命者である後鳥羽院が真の撰者で、撰者として名を連ねる源通具、藤原有家、藤原定家、藤原家隆、藤原雅経は編集助手にすぎないことを論証した（『新古今和歌集の研究　続篇』）。実は、『新古今』が上皇の親撰によつて成つたことは以前から一部では言はれてゐた。しかし定家崇拝が長くつづいたし、加ふるにロマン主義的藝術家讃美が西方から到来したため、定家の功績を認めようとするあまり、帝の働きを見ないやうに努めたものらしい。だが、歌の取捨選択をはじめとして、部類の立て方や配列の順序、さらには詞書や序の書き方に至るまで、すべては後鳥羽院の指示と判断によつて決つた。『新古今』はこの帝の作品、しかも極めて編集長主義的な作品である。小島はそのことを明確にした。

もちろん上皇は大歌人である。その詠歌は詩情に富み、『新古今』的技巧を駆使するけれど、職業歌人（その典型は定家）にはつひに見られない暢達《ちようたつ》な詠み捨ての趣がある。帝王調をおのづから身につけながらも、天皇御製によくある退屈なもつともらしさは微塵《みじん》もない。世々の歌びとから十人を選ぶとすれば、この帝を逸することはむづかしからう。さらに批評家としても傑出してゐて、力量は『後鳥羽院御口伝』といふ同時代歌人論によつて明らかだが、『新古今』の編纂《へんさん》ぶりはもつと重要な證拠になる。詞華集を編むことが批評とは異様に聞えるかもしれないが、定評への追従や個人的な気まぐれによる作業ならともかく、文藝の伝統に何かを寄与し、一文明の趣味を変革しようとする詞華集の編集は立派な批評である。現代イギリスにはイェイツの『オクスフォード版現代詩集』をはじめこの手の試みが多いが、それより遙かに古く、そしていつそう花やかな成功を収めたのがわが『新古今』にほかならない。

ここで重大なのは、これも批評家的局面の然らしむる所と言つていいけれど、後鳥羽院が『新古今』編纂に先立つて歌壇を再編成したといふ事件である。すでに小島吉雄の指摘してゐることだが、上皇は象徴哀愁の清新な歌風を好み、本歌どりによる伝統主義（とりわけ『源氏物語』への敬愛）を重んじた。当然、御子左家《みこひだりけ》（藤原俊成、定家父子）系統の歌人たち（藤原良経、慈円）を受入れたし、旧式な六条家の歌人たち（藤原清輔、顕昭）に冷たかつた。これはモダニズム文学におけるエズラ・パウンドの活躍に似た文学的オルグと見立ててもよからう。この場合に、これもまた小島の言ふやうに、そのころ和歌の基本的発表機関であつた歌合《うたあはせ》の様相を一変させたといふ事情は重大である。上皇の師、俊成の判詞（歌合における批評）は、それ以前のものとくらべて、検事の論告や揚げ足とりのやうではなく、同情的な温かい態度であつた。上皇はこの風をよしとして、その結果、いはば和歌による共同体を作ることに成功した。その共同体的文学観があつたからこそ、新風は可能だつたのである。

ここで思ひ出されるのは山崎正和さんの『社交する人間』。わたしはこの長篇評論によつてじつに多くのことを学んだのだが、なかんづく興味深かつたのは、人間関係の根本である社交には規範となる異質文化が常にあつた（ルネサンスの社交界や十七世紀フランスの宮廷サロンにとつてのギリシア、ローマの古典文化や中世の恋物語。室町、桃山の社交集団にとつての王朝美や唐もの）、それは、漠然たるあこがれの対象をはつきりさせるためのイメージであつたといふ説である。言ふまでもなく『新古今』は、社交の具としての和歌を意識化し、成熟させ、洗練することによつて成立した十三世紀のモダニズムだが、そのとき最も参照されたのは『源氏物語』である。劇作家＝批評家の説く所は正しい。そして彼は、グローバル化その他によつて国家の影が薄くなつた今、われわれの倫理にとつて社交はいよいよ重要な要素になつたと言ふ。

とすれば、どうやら世界の宮廷文化の最高の文学的表現であるらしい（あるかもしれない）『新古今』をかへりみることは、現代人にとつて緊急の課題であらう。後鳥羽院はわれらの同時代人である。

『野火』を読み返す

大岡昇平の『野火』を読み返した。五回目か六回目だらう。不案内な読者のため紹介して置くと、これは先年のいくさの際の、フィリピンにおける日本軍敗残兵を扱ふ。かつては戦後の文学の代表作のやうに言はれてゐた。一読すれば忘れがたい長篇小説で、イギリスの某詩人は、J・G・バラードの『太陽の帝国』(開戦直後の上海におけるイギリス少年の彷徨)とラッセル・ホーバンの『リドリー・ウォーカー』(核戦争後、人類が未開人と化した時代における少年の冒険）とこの『野火』とを、極限状況下の放浪を描く三つの名作とした。

久しぶりに手に取つたのは城山三郎さんと平岩外四さんの対談集『人生に二度読む本』（講談社）に触発されたせいである。作者と同様、南の島で戦つた平岩さんの体験談はすごい迫力だ。たとへばこんな調子。

日本軍の作戦計画は現地調達を前提とする無謀なものだつた。当然、島々に上陸した兵士は飢ゑる。そこで、川のほとりには決つて何十人かが虫の息でほぼ死んでゐた。まだ生きてゐる体に蠅《はへ》が集る。蠅はすぐゐなくなつて、たちまち蛆《うじ》がわく。生きてゐるうちに蛆が体ぢゆうを食べはじめ、バリバリといふかなり大きな音（蛆が体を食べる音）がする。肉はなくなつて、骨が出て来るが、それでもまだ生きてゐる。そして、そのうちに死ぬ。

城山さんは、手榴弾は敵を殺すより魚を捕へるため取つて置くものだつた、そのほうが生き延びるのに役立つから、と『野火』の世界を要約する。すなはちこの長篇小説は人間の生のあやふさを裸形でとらへた。そこでは、雑嚢《ざつのう》に詰めた褐色の塩、カモテ芋、「猿」の干肉（実は人肉）、手榴弾などは、生存と交換のための貴重な物品なのである。そして魂の領域のほうも裸形で差出される。殺戮《さつりく》と人肉食と孤独のなかにあつて、主人公＝語り手は神を求め、発狂する。

物心両面にわたるこの認識を述べるに当つて、大岡は見事な形式美をもつて叙述を裏づけたし、その形式美は主題ときれいに照応してゐる。と概括したとき、『野火』の近代日本文学における際立つた重要性が明らかになる。しかしこのことを理解してもらふためには、迂回《うかい》して、文学原論めいたことを論じなければならない。

詩はレトリックと音楽とを同時に表現するものである。この同時性があるからこそ、最上の詩句を口中にころがすとき、われわれはあんなに魅惑される。そして大事なのは、この場合レトリックは詭弁《きべん》でも欺瞞でもないといふことである。むしろそれはロジックによつてしつかりと裏打ちされてゐなければならないし、ジョン・ダンも藤原俊成もそのやうにして詩を書いた。

詩が文学の中心部に位置を占めるのは、単に発生が古いからではなく、それが文学の本質だからである。戯曲も批評も小説も、レトリックと音楽の同時的表現といふ性格を基本的に持つてゐなければならない。しかし日本文学はこの約束事を失念することによつて近代化された。西方の新文学が到来したため、王朝から江戸までつづいてきた文藝の型を捨てるしかなくなり、レトリックにしてなほかつ音楽といふ条件を諦めたのである。

もちろん例外的な作品はある。その典型は『野火』で、これがレトリックの花々にみちてゐることはすでに詳しく記した（『文章読本』）。ここではそのとき引用しなかつた箇所を引かう。

次の私の記憶はその林の遠見の映像である。日本の杉林のやうに黒く、非情な自然であつた。私はその自然を憎んだ。
その林を閉ざして、硝子絵《ガラスゑ》に水が伝ふやうに、静かに雨が降り出した。

極端な欧文脈の文体が、しかしまことに洗練された形で差出されてゐる。そして音楽性は、派手に技巧的なアリアとしてではなく、語るやうに歌ふレチタチーボとして優雅に付添つてゐる。

ところで『野火』の文体は明治訳聖書の直系に当る。それからの引用がおびただしいだけではなく、文が短くて歯切れがよいのも、比喩の多さも、イメージの力強さも、みなあの本に由来する。なかんづく大事なのは、イメージが身近な所から取られてゐること。

右手と左手、野火、塩、褌《ふんどし》、蠅。雨あがりの野をゆく濡れた服からたちのぼる湯気、雲、天。誰でも知つてゐるありふれたイメージであるせいで、かへつて喚起力が強く、象徴性に富む。それは大工の子イエスが、漁師や羊飼や農夫や徴税人やその家族に向つて、葡萄園、ローマ帝国の銀貨、放蕩息子、パンなどといふわかりやすいイメージを借りて話をする方法に近い。狂人が「神に栄えあれ」と神を祝福する皮肉な戦争小説は、イエスの言葉づかひで書かれてゐる。

反小説

フラン・オブライエン『ハードライフ』の大澤正佳訳（国書刊行会）が出た。これで大澤さんは、この作家が英語で書いた長篇小説四つを全部訳したわけだ。最初の『第三の警官』（現在は「筑摩世界文学大系」68）の単行本刊行が一九七三年だから、三十何年がかりの悠然たる、しかしまことに入念で粋な大仕事だつた。ちなみに他の二作は『スウィム・トゥー・バーズにて』（「筑摩世界文学大系」68）と『ドーキー古文書』（集英社ギャラリー「世界の文学」5）。

ところでフラン・オブライエンとは？　アイルランドの小説家、ジャーナリスト、ユーモア作家（一九一一―六六）なんて書いても紹介したことになるまい。一番わかりやすいのはこれだ。『スウィム・トゥー・バーズにて』についてジョイスは言つた。「これは本当の戯《ざ》れ心の持主だし、本物の文学者だ。じつに滑稽な本」と。グレアム・グリーンは言つた。「千冊に一冊の本」と。

この長篇小説をヴィヴィアン・マーシアは「小説内小説内小説」と要約した。主人公であるダブリンの大学生は、ダーモット・トレリスといふダブリンの小説家（にしてホテルの下宿人）が主人公である小説を書いてゐる。トレリスはこれも作家であるウィリアム・トレーシー（西部小説が専門）が案出した方法を採用して、作中人物たちを実際に生み出し（！）、同じホテルに住はせてゐる。彼ら（そのなかには例の西部小説作家の書いたダブリンのカウボーイたちもまぎれこんでゐる）はトレリスの意のままだが、彼が眠ると自由の身になる。彼の作中人物たちのなかに美女がゐて、それを彼は手ごめにし、オーリック・トレリスといふ息子を生ませた。それからアイルランドの人間的魔物プーカもゐる。グッド・フェアリーといふ妖精もゐる。古代アイルランドの英雄フィン・マックールもゐて、「スウィーニー王の狂気」といふ物語詩を語る。王は鳥になつて飛ぶ。さまざまの作中人物が勝手なことをする。父親の文学的才能を受けついだオーリックは、父親が主人公である小説を書き出す。息子の小説のなかで父は裁判にかけられ、作中人物たちが陪審員である。危ふしダーモット、といふところでホテルの女中が書きかけの原稿を燃してしまふ。やれやれ。そして学生は卒業試験に合格して伯父に祝福される。大団円。

他の三篇も、趣向はそれぞれ違ふが、基本的な方法は同じだ。つまりシッチヤカメッチヤカ。専門用語を使へば反小説。反小説とは、一貫した筋、人間心理の分析、広い意味でのリアリズムといつた標準的な小説の書き方に逆らひ、別の筆法でゆく小説のことである。フランスのヌーヴォー・ロマンのとき誰かが命名したのだが、わたしに言はせればジョイスこそ反小説の代表で、事実オブライエンは、喜劇性も、多様な文体の駆使も、モダニズムと土俗性の併用も、みな彼に学んだ。感謝のしるしなのか、『ドーキー古文書』では、チューリッヒで死んだはずのジョイスがアイルランドに隠棲してゐて、愛読者に向つて打明け話をする。『ダブリンの人々』は友人ゴガティ(『ユリシーズ』のマリガンのモデル)との合作だとか、自分は『ユリシーズ』といふけがらはしい本とはまつたく無関係だとか。いやはや。そしてここまで来れば、反小説の元祖はもつと古く、十八世紀のスターン『トリストラム・シャンディの生活と意見』だと気がつくことになる。近代小説は草創のときから標準型小説に喧嘩を売つてゐたので、案外さういふ元気のよさこそ小説の本質なのかもしれない。と書きながら思ひ出すのは、わが近代小説がまさしく一篇の反小説ではじまつたといふ事情である。すなはち夏目漱石の『吾輩は猫である』。あれは硯友社の標準型の書き方に楯つくものであつた。

ついでにもうすこし言はうか。随筆体小説と呼ばれる異色の一系列も、実はわりあひ穏健な反小説と取るほうがいい。私小説と見るのはへボ筋だ。漱石『草枕』にはじまり、永井荷風『雨瀟瀟《しようしよう》』『濹東綺譚《ぼくとうきたん》』、佐藤春夫『田園の憂鬱』『女誡扇綺譚《じよかいせんきたん》』、吉田健一『金沢』、吉行淳之介『暗室』などとつづく系譜は、小太刀を斜に構へて月並《つきなみ》な剣法を馬鹿にしながら、新風を狙ふ。こんなふうに眺めれば、近代日本文学には反小説がずいぶん多いことになるだらう。

それで合点がゆく。大澤訳オブライエンは、清雅にして猥雑、奔放にして気韻にみちる原作の風趣をよくとらへ、さはやかな文体の美を誇る。この品格の高さがあるからこそ型やぶりな小説世界は成立するし、読者を大いに笑はせることができるのだが、それは大澤さんが漱石以来の日本文学に深く親しみ、文章の気合を会得したせいではないか。わたしはさう考へて納得するのである。

さう言へば、奇縁みたいなことが一つある。オブライエンの小説の主人公である大学生には名前がない。あの猫とおんなし。

赤塚不二夫論

書棚の隅のところに漫画本が五十四冊ある。五十三冊は長谷川町子で、うち、サザエさんが四十一冊。これについてはちよつとした話がある。十数年前のある夜、一週間分の新聞をまとめて地階のゴミ置き場へ持つて行つた。新聞の束を棚に載せて、ひよいと見ると、十文字に縛つた数十冊の古本。それがみな長谷川町子である。大喜びで持ち帰り、その夜も翌日も笑ひつづけた。あれはわが生涯最高の拾得物ではなかつたか。

　そして残る一冊は『赤塚不二夫1000ページ』といふ大冊。この漫画家の名はちらちら耳にしてゐたが、何となく手に取らずにゐた。ところがその『1000ページ』は広告に「和田誠責任編集」と謳《うた》つてゐる。これは只事《ただごと》ではないぞと思つて注文したのだ。正解だつた。おもしろさが斬新だし、選択がいいから駄作に時間をかけずにすむ（王朝和歌を私家集ではなく『定家八代抄』で読むやうなもの）。斯界《しかい》の事情に疎《うと》い小説家は、マルクス兄弟やバスター・キートンから古典および新作の落語に至る豪勢な遺産の惜しげもない蕩盡《とうじん》、さらには自分の異才の濫費による誇示といふ、ポトラッチのエネルギーに茫然としたのだ。一九七五年（昭和五十年）刊行の本だから、今にして思へば最盛期からのよりすぐりで、すごいのも当り前だけれど。そして、このへんまでが盛りといふのはわたし一人の判断ではない。担当記者だつた武居俊樹さんも『赤塚不二夫のことを書いたのだ!!』（文藝春秋）で、このころ以後、気持が漫画から離れてしまつたと書いてゐる。

　武居さんの本は奇妙に感動的な自伝兼赤塚不二夫伝だが、わたしを一番オロオロさせたのはこの箇所だ。

昭和五四年の五月、赤塚の父・藤七がリンパ腺ガンで永眠。七一歳だった。父親の死に関して、赤塚は言っている。

「親爺、死ぬ間際まで、NHKの受信料の集金人やってたの。辞めろって言っても、聞かなかった。働きづめの一生だった。受信料払ってくれない家には、オレの色紙持って、何回も頼みに行ったんだって」

大変な実入りのある息子をかかへてゐるのに厄介になることをいさぎよしとせず、働きつづける年老いた父。その父が得意先(?)に贈る色紙を、猛労働と大酒の合間に描く息子。これは教育勅語的といふよりももつと古い石門心学的な人間模様だが、色紙の図柄はおよそ反教育勅語的＝反石門心学的な、ニヤロメや天才バカボンのおやぢやウナギイヌや拳銃乱射の巡査である。この対照が泣かせる。そして近頃のNHK受信料騒ぎを念頭に置いてこの逸話を考へると、赤塚不二夫問題ともいふべきものがライト・アップされて聳え立つ。これはカッシーラーの『ジャン＝ジャック・ルソー問題』を真似た言葉づかひで、つまりわれわれにはあの漫画家のことがわかつてゐたかどうかといふ意味だ。彼は律義な家に育つたあまりにも律義な男で、さういふ男の見た不埒《ふらち》な夢、奔放な抒情があの漫画の世界ではないか。

そのことに思ひ当ると、『1000ページ』以後の衰へが別なふうに解釈できる。わたしはそれを、日本の社会が彼の漫画通りにハチヤメチヤになつたので描きにくくなつた、と取つてゐた。伊丹十三も同じ考へだつたらしく、「世の中が彼のマンガに似てくるもんね。(中略) 予言者なんだよ」と『1000ページ』所収の一文で言つてゐる。たしかにさう見立てたくなる。『1000ページ』刊行の翌年はロッキード事件(これに端を発してやがて元首相の今太閤が監獄入り)。その翌年は日本赤軍のハイジャックで超法規的処置、つまりお咎めなし。その翌年には東京の荒川で、ヤクザが、殺した仲間の手首で屋台ラーメンのスープを取った。そして平成になつてからのことはみなさん御承知の通り。まるで赤塚不二夫だなあとつぶやきたくなるが、しかし違ふ。

現実世界のほうには、彼の夢想が持つてゐた風流と愛嬌、逆転によるカーニヴァル的詩情が、当然のことながらまつたくない。自然は藝術を模倣しなかつた。あるいは、肝心のところを抜きにして拙劣に模倣した。なまじほんのすこし似てゐて、しかし決定的に違ふ自作のコピーを突きつけられ、彼は辟易《へきえき》したのではないか。

武居さんの本によると、二〇〇二年（平成十四年）四月、赤塚さんは脳内出血で倒れ、一命は取りとめたものの、以来、眠りつづけてゐるといふ。このことの意味を解読しよう。現実に対して否と行動の形で言ふ手段はまずテロである。次に自殺である。某作家は擬装《ぎそう》テロないし模擬クーデターと自殺とを組合せて人騒がせに成功した。優雅でしやれてゐる赤塚不二夫は昏々《こんこん》と眠りつづけることで、この乱雑でしかも愛嬌のない現代日本に対し否と言ふ。眠れ赤塚。自分の世界を守らうとすれば、眼をつむるしかない。

石原都知事に逆らつて

ナポレオン・ボナパルトがセント・ヘレナで死んで約三十年後、彼の甥《をひ》であるフランス共和国大統領ルイ・ボナパルトが世襲制のフランス帝国皇帝ナポレオン三世になつた。いはゆる第二帝政のはじまりである。

この四十男は独身だつたので、当然、お妃《きさき》選びが急務となるが、スペイン貴族の娘エウヘニエ・デ・モンティホーが現れ、有力候補に伸《の》し上つた。何よりも皇帝自身が、その露出された肌理《きめ》のこまかな肌に夢中になつたのだ。加ふるに、この若い娘にはすばらしい家庭教師が二人ついてゐて、恋の駆け引きを指南した。一人は亡父の戦友であつた外交官アンリ・ベイル。小説家としての筆名はスタンダール。もう一人は外交官兼作家で彼女の母の愛人であるプロスペル・メリメ。彼はエウヘニエの恋文の代筆までした。これだけ条件が揃へばたまつたものではない。翌年一月末、皇帝とモンティホー嬢との結婚式がとりおこなはれた。

わたしはこの話を鹿島茂さんの新著で知り、大いに楽しんだ。何しろわたしの知らないことが多いし、話術は巧妙を極める。おのづから、耽読、時を忘れることになる。しかし『怪帝ナポレオンⅢ世』(講談社)で最も感銘が深かつたのは、この皇帝によるパリ大改造といふ花やかな事業で、おや、これは尊敬に価する傑物らしいぞとわたしは評価を改めた。どうやらわたしもまた人並《ひとなみ》に、マルクスの『ルイ・ボナパルトのブリュメール十八日』の影響を受け、伯父の名声のおかげで帝位に就いた陰謀好きの愚物と見下してゐたらしい。申しわけないことをした。

第一に、彼はスイスの湖畔のきれいな町に育ち、成人してからはロンドン暮しが多かつたため、当時のパリの乱雑と醜悪に堪へられなかつた。次にロンドンはじめイギリスのいろいろな都市で見たモダニズム建築、幾何学的な計画道路に魅了されてゐた。第三にパリの不衛生と貧困、暴力と犯罪を嫌つた。もともと首都の改造計画に心を奪はれ、その実現のためにも何とかして皇帝になりたいものだと願つたといふ。志は高く、成果は見事だつた。彼は「藝術作品としての都市」を作ることに成功したのである。

話は日本の都市に移る。東京その他の醜さについて語ることは、近代日本の対外的愚行への反省と同じやうに嫌はれるらしく、自虐的都市論などと批判する向きもある。しかしきれいな所に住みたいと思ふのは人情の自然だし、住むためにはまづ現状を客観的に見て、どういふふうに穢《きたな》いかを検討しなければならない。この場合に重要なのは、欧米の都市とくらべて大違ひなのに絶望し、匙を投げてはいけないといふことだ。都市大開発によつて一から出直すことなどしよせん無理と諦め、そこでいきなり都市美に無関心になるのは賢い態度ではない。半年前、石原都知事は、「東京は救いようがないよ。これを都市計画ができる街にしろとか、外人が来てびっくりするような街にしろとか。そりゃ大震災でも来て焼け野原になりゃ、多少そりゃ、建て直すんだろうけれども」と述べた。何だか他人事《ひとごと》みたいな、やけのやんぱちの発言である。

もつと着実に、具体的に、冷静に対処しなければならないのに。

ここで思ひ出されるのは、芦原義信の名著『街並みの美学』(岩波現代文庫)。建築家は言ふ。日本の商店街で街並みを決定してゐるものは建築の外壁ではなく、外壁から突出してゐるもの(道路に置いた置き広告、鈴蘭《すずらん》灯、電柱、電線、電柱広告、袖看板など)である。この種の突出物をすくなくすれば、街の景観がすつきりして、豊かな感じになる。銀座通り一丁目から八丁目までの延べ九〇〇メートルの道路で、袖看板の総量は一五〇〇平方メートル。「まずこれを全部取りはらう。(中略)街並みのイメージは強化される。わが国の代表的な表通りとして、銀座からそで看板取りはずしを実施してみてはどうであろうか」

耳よりな情報がある。福岡沖地震の体験から、都市に多いビルの看板や広告塔が落ちて来て死者を出すと想定されるので、撤去を考慮中といふのだ。東京湾北部を震源とするマグニチュード七・三の地震が冬の午後六時に発生すれば、落下物による死者は八十人といふ推定の由。東京都中央区の調査では、〇四年度、ビルに取りつけられた袖看板は約一万件(広告塔についての統計は記してない)。安全のためにも美観のためにも、この種の余計なものは早急に除くのがいい。そしてもちろんあの太くて長くて重い電柱も。あれは災害時に危険だし、交通の邪魔になる。この機会に全国の都市部の架空電線を全廃しよう。

「藝術作品としての都市」は差当り高嶺《たかね》の花だらう。しかしそれなら、醜さを極力減じた「実用品としての都市」を作らうぢやないか。さういふ、いはば最初期のインダストリアル・デザイナーのやうな抱負を、日本人全体が持たなければならない。

水戸室内管弦楽団

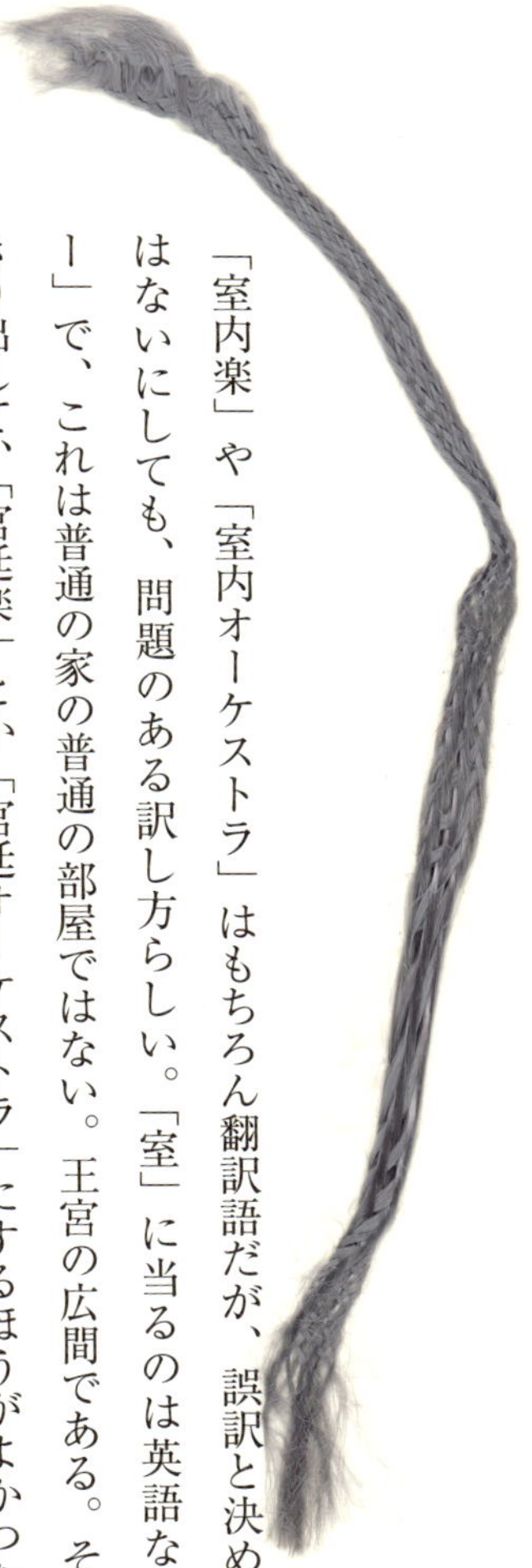

「室内楽」や「室内オーケストラ」はもちろん翻訳語だが、誤訳と決めつけるほどではないにしても、問題のある訳し方らしい。「室」に当るのは英語なら「チェンバー」で、これは普通の家の普通の部屋ではない。王宮の広間である。そこの所をくつきり出して、「宮廷楽」とか「宮廷オーケストラ」にするほうがよかつたのに。

余談一つ。ジョイスに『チェンバー・ミュージック』といふ詩集があつて、表の意味は無論「室内楽」だが、変な仕掛けが一つある。「チェンバー・ポット」は寝室用便器で、その略称が「チェンバー」。そこで「チェンバー・ミュージック」は、それを使つて放尿する際に立てる音といふことになる。これはパートリッジの辞書によると家庭の言葉で、おどけた表現。十九世紀末から二十世紀。ジョイスはこの洒落《しやれ》が好きで、たしか『ユリシーズ』でも使つてゐたはず。そしてこの冗談のおもしろさは、宮廷の上品ぶりや典雅を卑俗な日常性で侮辱する、急激な衝突にあるだらう。

ここで余談を終つて元の話に戻る。西洋音楽のはじまりにある宮廷性は、近代日本の西洋音楽受容に当つて、気づかれなかつたし、無視された。もつぱら市民社会性のほうが注目され、重視された。これは美術でも文学でも同じことで、誰も彼も大あわてにあわてての勉強だつたから仕方がない。そして大事なのは、意識の表面では王侯の閑雅を認めてゐなくても、耳はそれを感じ取り、魅惑されてゐることだ。暗い無意識において、普通の部屋は宮殿の広間に改まつてゐる。

わたしは前まへから四重奏や五重奏が好きで、モーツァルトの全作品から一作だけを選べと迫られたら『クラリネット五重奏曲』を躊躇《ちゆうちよ》なく取るし、大編成のオーケストラよりも室内オーケストラのほうが性に合ふ。どうしてこうなるのかと自分でも不思議に思つてゐたが、近年になつてやうやく、これは宮廷的な優雅と洗練とか、社交性とか、親密さのせいらしいと気がついた。わたしが音楽に求めてゐるものの急所が、おほよそこのへんにあるのだらう。吉田秀和さんが、室内オーケストラではメンバー一人ひとりの個性が大編成のオーケストラにくらべてずつと率直に反映されるし、しかも人数がすくないだけ全体の均質性が大事になる、と述べてゐるけれど、これだつてわたしの言ふ宮廷的なものと密接な関係があるはずだ。

その吉田さんが水戸藝術館の館長で、そして吉田さんと小澤征爾さんの二人を中心に出来たのが水戸室内管弦楽団である。わたしは以前サントリー・ホールで、この合奏団のストラヴィンスキー『プルチネッラ』を聴き、日本の音楽がこんなふうに遊び心の高度な表現ができるやうになつたのかと舌を巻いたことがある。それでぜひ一度、水戸の本拠で聴きたいと思つてゐたのだが、何しろ出無精《でぶしよう》なたちなので、今度やうやく、開館十五周年の第六十二回定期演奏会（指揮・小澤征爾）に出かけて、もつと早く来てゐればよかつたと悔んだ。すばらしい演奏だつたのだ。モーツァルトづくめの曲目で、『6つのドイツ舞曲』、ホルン協奏曲二つ、そして『交響曲第38番プラハ』。みなよかつたが、なかんづく『プラハ』に堪能した。よく鳴るオケだし、みんなが楽しんで奏いてゐる。もともとこの指揮者には先程言つた親密さとか社交性とかいふものが身についてゐて、その宮廷性がウィーンに住むことでいよいよ磨きがかかつたのか。そしてさらに言ふならば、宮廷音楽は日本人の演奏者たちに向いてゐるのかもしれない。なぜならわれわれの現代文化には、雛まつりや百人一首《ひやくにんしゆ》でもよくわかるやうに、王朝文化へのあこがれが生きてゐるからである。この室内オーケストラのモーツァルトは、そんなことをわたしに思はせた。

コンサート・ホールもよかつた(設計・磯崎新)。音響効果も申し分ないし、十八世紀的な宮廷趣味とモダニズムとを上手に結びつけたデザインで、この手の合奏にふさはしい場をきれいに作つてゐる。非常口を教へる例の緑いろの意匠が目ざはりだけれど、これはもちろん消防関係の規則に責任がある。そして聴衆の質が高く、プレイヤーと聴衆とは一体になつてゐて、音楽的共同体がとうに出来あがつてゐる様子だつた。東京から一時間のところにずいぶん立派な地方都市があるのだなと、わたしはびつくりした。

全国の事情に詳しいわけではないから、これはあくまでも見当で言ふだけだが、東の水戸室内管弦楽団は西のこんぴら歌舞伎大芝居と並ぶ、わが地方文化の大輪の花だらう。首都圏および京阪神とそれ以外の地域との格差の問題は、わたしたちの文化の久しきにわたる悩みの種なのだが、水戸市と琴平町は、その難題に対してじつに賢明に、そして持続的に努力し、文明全体に貢献してゐる。東西二つの都市に敬意を表したい。

天に二日あり

岩佐美代子さんの学風を敬慕してゐる。この学者は、王朝の女房の生き方を具体的に探ることによつて、古典文学研究に颯々《さつさつ》たる新風をもたらした。たとへば『とはずがたり』は、在来は貴人の乱倫を写したものといふ漠然たる話ですまされてゐたが、岩佐さんは、女官づとめは衣裳代《いしよう》が大変だといふ所からはじめて、あのエロチックな作品の背景をなす宮廷の秘められた風俗を指摘した。画期的な読解に舌を巻く思ひだつたことが忘れられない。

その岩佐さんが、日本人の歴史認識を憂へてゐる。と言つても近代史の話ではなく、南北朝時代について。両朝の並立をはつきりと認め、北朝を復権させなければならないといふのである。

歴史的に冷静に考えましたならば、「万世一系」とか「天に二日《にじつ》無く、国に二王無し」なんていうのは嘘でございまして、まさにこの時代には皇統が二系に分れて争い、遂には国に二王ある時代を現出いたしました。その事実を正確に認識するのが、社会的にも学問的にも正当な態度であろうと存じます。(中略)

今日再び後醍醐天皇、南朝の存在だけが、一種のロマンチシズムをもって誇大に語られておりますのは、将来に向って歴史を歪めて伝えるもので、戦前の愚かさを再び繰り返すことになるのではないかと(中略)私はそういう危機感を持っております。(『宮廷に生きる』笠間書院)

南北朝正閏論《せいじゅんろん》といふのは、南朝を正統とし北朝をしりぞける説だが、その論拠は、神器は南朝にあつたといふことである。しかし神器は象徴にすぎない。それに剣はすでに壇ノ浦で失はれてゐるから、宝剣はもともとコピー（？）なのである。このやうな器物のありなしによつて大義名分を云々《うんぬん》するのは、あまり立派な議論の仕方ではない。当時の政治的慣行からすれば北朝の天子たちの即位は認めて然るべきだし、事実、明治末年まではむしろ北朝正系が世の常識であつた。

わたしの考へでは、南朝をよしとするのは御霊《ごりよう》信仰による。これは非業《ひごう》の最期《さいご》をとげた者とりわけ政治的敗者の霊がたたる、しかしねんごろに供養《くよう》すればたたらないし、逆に守護してくれるといふわが土俗宗教で、その代表は菅原道真を祀《まつ》る天神信仰。南北朝合一後の宮廷（言ふまでもなく北朝の流れ）は、後醍醐の怨霊《おんりよう》を恐れた。一月一日、天子は星を拝してから山陵《さんりよう》を拝する習ひであつたが、一五九八年（慶長三年）後陽成天皇の遙拝《ようはい》した六陵のなかに、恨みを呑んで死んだ三帝、崇徳、後鳥羽、後醍醐のそれがあつたことがわかつてゐる。この南朝怨霊への畏怖《いふ》は前まへから引きつがれてきてその後も長くつづいたのではないか（池田弥三郎『日本芸能伝承論』）。明治維新により北朝の末裔《まつえい》である朝廷が権力を得ると、後醍醐のための吉野神宮、幽閉され惨殺された護良親王を祀る鎌倉宮が創建されたことは、この推定の傍證になるだらう。

民間の御霊信仰は楠木正成崇拝で、これは『太平記』読みによつて普及された。室町時代、彼は逆賊の大物にすぎなかつたが、『太平記』が人心を感奮させた結果、一五五九年（永禄二年）、朝敵赦免の綸旨《りんじ》が下つた。その後の人気については述べる必要がなからう。重要なのは彼が忠臣＝謀反人といふ二重の資格を備へてゐたことで、それゆゑ勤皇＝反体制といふ新しいイデオロギーの英雄となるのに向いてゐた。もちろんこの性格は知識人にも感銘を与へる。『大日本史』や『日本外史』の南朝びいきにしても、宋学の教理よりはむしろ『太平記』の話術によるほうが大きかつたらう。

明治になつてから民間で編まれた教科書は、『大日本史』の流儀で南朝を正、北朝を閏とし、北朝側についた者を賊と呼ぶ（山田野理夫『歴史家喜田貞吉』）。文部省編の国定教科書は『大日本史』に従はず、両朝並立の見方を取つた。その七年後、大逆事件のあふりもあつてこの扱ひ方が大問題となり、明治帝が南朝正統と定めて事を処理したのである。宮中でも政界でも学界でも市井でも死霊が勝つた。

戦後六十年は戦前の悪弊を改める過程である。王権神授説も天皇親政説も、小作制度も軍国主義も、みな廃せられた。人権の確立、言論の自由、女子参政権と女子高等教育が認められた。まことに大慶の至りだが、一つ余勢を駆って歴史の欺瞞を正し、両朝並立を公的に宣明して、北朝四代を正統の歴代に入れてはどうか。これは日本文学にとっても切実な問題で、代々《よよ》の帝が編集を命じた二十一の勅撰集《ちょくせんしゅう》のうち、三つ(『風雅』『新千載』『新後拾遺』)は北朝の集なのである。それらを欠いてはわが宮廷文化の力がかなりそがれる。折口信夫は、『新古今』ですら『風雅』に及ばないと述べた。

中島敦を読み返す

まづ三浦雅士さんの『出生の秘密』（講談社）だつた。この長篇評論では、中島敦の短篇小説『狼疾記』や『悟浄出世』や未完の長篇小説『北方行』が二章にわたつて才気煥発《かんぱつ》に論じられる。次に渡辺一民さんの『中島敦論』（みすず書房）だつた。『北方行』論にはじまつて六章、この作家に対する敬愛と友情がこまやかに披瀝《ひれき》される。さうしてゐるうちに辻原登さんの短篇小説集『枯葉の中の青い炎』（新潮社）のタイトル・ストーリーでは、あの大投手スタルヒンをめぐる綺譚のなかに、異色の脇役として、南洋庁国語教科書編修書記中島敦が現れる。

おや、すごい人気と驚いてゐると、野村万作・萬斎父子による『敦　山月記・名人伝』が上演されて、見ごたへがあつたと聞いた。勝又浩さんの『中島敦の遍歴』（筑摩書房）も出てゐるし、川村湊さんの編んだ『中島敦　父から子への南洋だより』（集英社）も逸してはならない。もともと一部の読者に評判のいい作家だつたが、菅野昭正さんの『小説の現在』あたりにはじまる再評価の気運が熟してきたのか。一つ読んでみようと思ひ立つて、筑摩版の全集四巻（うち別巻一巻）と、ちくま文庫版の全集三巻を取出す。

『北方行』の出だしで、主人公（？）である青年黒木三造と大英海軍主計少佐リチャード・トムソンとのつきあひが語られる。二人は軽井沢で出会ひ、次に前者が後者の日本語教師となり、やがて中国へいつしよにゆくことになるのだが、この三十代の独身イギリス人の肖像がすばらしい出来。目を見張る思ひだつた。社交的人間と奇人とのまじり具合、怒りつぽさとユーモアの併存をきれいに写してゐて、有無を言はせない感じである。わたしは驚嘆し、日本の作家で欧米人をこれほどいきいきと描いた人がほかに誰かゐるかしらとあやしんだ。

この作中人物にはモデルがある。中島は学生時代、友人の紹介で英国大使館駐在武官某の家庭教師となり、約一年、日本語を教へた。その体験は役に立つたはずだが、さらに何か別の条件が加はらなければ、こんなに潑剌《はつらつ》と歩きまはる姿はあり得ない。わかりきつた話だ。そしてわたしはその何かについて、中島には人間を国際的状況においてとらへる関心と能力があつたのだらうと見当をつける。さう言へば『北方行』全体が、中国人と結婚した日本の女、彼女およびその娘と関係してゐる日本人の青年、中国の大学に学ぶ反日的朝鮮人青年などによる人間模様で形成されてゐるし、さらに、長篇小説『光と風と夢』はイギリスの作家スティーヴンソンと南太平洋サモア島の住民たちとの交友の物語である。中島はさういふ人間関係を好んだ。彼にとつて人間は同じ国籍の者としかつきあはない存在ではなかつた。

これはヘンリー・ジェイムズをまつすぐに連想させる。このアメリカ作家は長くヨーロッパ大陸とイギリスで暮したあげく最晩年にイギリスに帰化したのだが、西欧におけるアメリカ娘の健気《けなげ》な生き方とか、フランスに行つたきり帰つて来ない息子を連れ戻しに行つてくれとその母親（アメリカ人）に頼まれて出かけたあげく自分もヨーロッパに魅惑されてしまふアメリカ人とかをよく描いた。かういふ「国際的状況」は、ジェイムズ個人にとつては、伝統の浅いアメリカ文明への批評と憐《あは》れみを表現するための手段として生れたものだが、もつと広い展望を試みれば、在来の文学的方法を支配してゐた国境の赤い点線を拭《ぬぐ》ひ取つて、人間を国民国家的にではなく全世界的にあつかひ、二十世紀小説の表現に大きく寄与することになつた。そして、直接に学んだかどうかはともかく、あのモダニズムの巨匠を動かした、ナショナリズムの枠のなかで現代人を描くことには興味がないといふ意識を、日本人の若い作家が共有してゐたことは確かである。第一、幼少のころ五年間を朝鮮で過し、長じてのち南洋庁に勤めるといふ経歴の小説家が、植民地統治の現実に刺戟を受けなかつたはずはない。

こんなふうに考へれば、彼の復活ないし再評価の一因がゆらゆらと浮びあがつてくる。日本人の生活の国際化が進み、海外旅行がごく普通のことになり、外国人が会社の同僚、同じマンションの隣人となつたとき、中島の文学的動機が広い範囲の人々に受入れられたのだ。第三世界諸国が帝国主義の支配から脱したポストコロニアリズムの時代になつて、ずいぶん経つてから、われわれはやうやく中島の仕事の重要な局面に気がついた、と言つてもよからう。

おもしろいことに、あの『名人伝』『弟子』『李陵』などといふ完璧《かんぺき》の名篇もまた、国際的状況から生れた作品と見立てることができる。漢学といふ中島家の家の学は、もつぱら本を頼りにしての一方通行ではあるにせよ、古代の中国人たちと親類のやうに友達のやうに親しむ交遊の術であつた。

モノノアハレ

秋が深む。

春はただ花のひとへに咲くばかりもののあはれは秋ぞまされる

と、『拾遺』読人しらずがふと口をついて出た。そこで一首に促されて、モノノアハレについて。

これは日本美の典型的概念として名高いが、茫漠《ぼうばく》としてとりとめがない。一番困るのはモノが何を指すのかわからぬこと。本居宣長は、モノをもつて「ひろくいふときに添ることば」とした（『源氏物語玉の小櫛』）。和辻哲郎はこれに反対して、モノとは「意味と物とのすべてを含んだ一般的な、限定せられざる『もの』である」とする（『日本精神史研究』）。いよいよわからなくなる。

わたしに納得がゆくのは大野晋さんの説。その『源氏物語のもののあはれ』『日本語の形成』によりかかつて紹介しよう。もちろん、ところどころわたしの考へもまじる。

大野さんだからタミル語からはじまる。日本語モノ mon-o には二種ある。一つは「鬼《モノ》」で、これはタミル語 mun-i と対応する。こちらはモノノアハレとは関係ないから、ここでは取上げない。

もう一つは、「不変のもの、さだめ、きまり」の意で、タミル語の man と対応する。このタミル語の単語に「永久」といふ意があるし、また「いつものこと、きまつてゐること」の意が用例から帰納できるのだ。

この「さだめ、きまり」の意のモノは、『万葉集』の「世の中はむなしきモノと知るときしいよよますます悲しかりけり」でよくわかる。「モノの道理」といふ言ひ方は念を押した重ね言葉。「モノ言へば唇さむし秋の風　芭蕉」は、埒《らち》もないことを言ふのを咎めるのではなく、正論を口にするなと教へるから皮肉がきく。そして『源氏』須磨の「しばし見ぬだに恋しきモノヲ」は「恋しいにきまつてゐるのに」。現代語のモノナノニは古語のモノヲに当る。

なほ、モノに「物体」といふ意味があるのは、「不動不変の存在→さだまつた形の存在→物体」と日本語のなかで展開したのである。こちらが先ではない。人をモノ(者)と呼ぶのは、人間を物あつかひしての蔑視《べつし》あるいは卑下した表現。

本論に戻る。モノノアハレは、従つて、モノ(必然的な掟《おきて》、宿命、道理)のせいでの情趣、哀愁を言ふ。四季の移り変りはどんなことがあつても改まることのない必然で、そのことが心をゆすぶる。それがモノノアハレ。男と女はどれほど愛しあつてゐても、いつかはかならず、生別か死別かはともかく別れなければならぬ。その切なさもまたモノノアハレ。すべてさういふ自然と人生の成り行きの悲哀、人の運命のはかなさをわきまへ、さらには味はふことを、王朝の人々は「モノノアハレを知る」として褒めたたへた。賢くて趣味がいいと評価したのである。

ここでおもしろいのは、四季の循環が人事とりわけ男女の仲の比喩《ひゆ》となつて互ひに照応すること。たとへば若い時分を春に見立てたり、秋を「飽き」にかけたり。このせいでモノノアハレといふ言葉はいつそう日本人の心に訴へるものとなつた。その好例。

どうやら凡河内躬恒《おほしかふちのみつね》の自歌合《じかあはせ》らしい『論春秋歌合《ろんしゆんじゆうたあはせ》』なるものがあつて、まづ春秋のくらべ五番、次に夏冬のくらべ（これは滅多《めつた》にない趣向）五番ののち、

左

世の中にわびしきことをくらぶるに思ふと恋といづれまされり

右

をりふしに言ひしことのみ忘られで逢ひ見ぬほどの恋はまされり

と、思ふと恋とを競ふ五番が並ぶ。思ふはまだ逢《あ》つてゐない（体の関係がない）状態、恋は逢つた（体の関係がある）あとの状態。そのどちらがつらくて苦しいか、といふ

のだ。

王朝の貴族はこんな具合に季節と色恋とを関連させ、知性の鋭さと美意識の洗練とを示した。かうなれば恋の終りを意味する秋＝飽きの悲哀が一社会によつて賞玩《しょうがん》されるのは当然で、そこで『拾遺』読人しらずは長く愛誦《あいしょう》されることになる。そして男女の仲と季節の移り変りの哀愁を最もよく描いてみせたのは言ふまでもなく『源氏物語』であつた。

あの物語の文体は情感にみちてゐてしかも論理的である。主題がモノノアハレであると同時に、文章の書き方自体がアハレとモノの双方をよく押へる筆法で、情理を盡してゐる。それゆゑにこそ日本人を魅惑してきたし、今は翻訳によつて全世界的に親しまれてゐる。しかしこの情緒的な表現といふ面では現代日本人もずいぶん長《た》けてゐるが、論理性のほうはどうだらうか。かなり問題がありさうな気がする。われわれの散文は、モノとアハレの双方をよく表現できるやうに成熟しなければならない。

琳派、ＲＩＭＰＡ

美術館の学藝員といふのはやりがひのある職業だと思ふ。第一に美術史学者である。第二に美術評論家である。第三にコレクターである。第四にジャーナリストであり第五に興行師である。これだけの資格を兼ねて美を相手どる。おもしろさうだ。去年の秋、東京国立近代美術館の琳派ＲＩＭＰＡ展を見たとき、この感想はとりわけ強く迫つてきた。竹橋へ二へんも足を運んだのは、展覧会それ自体の魅力もさることながら、かういふ催しを成功させた人々のエネルギーを探りたいといふ気持もかなりあつたのではないか。

たしかにすごい意気込みが感じられた。会場にはいつて最初に出会ふのは、宗達でも光琳でもなく、現代オーストリアのクリムト。キャンバスに油彩で、青地に裸婦の立像を描き、上端五分の一は金地に黒で、「汝《なんぢ》、自らの行為と藝術作品によつてすべての人に好まれずとも、少数の者を満足させよ。多数の者に好まれることはよくない」といふシラーからの引用、下端十分の一も金地で、そこにはラテン語で「裸の真実」と、これはホラチウスからの引用。このラテン語の字間を縫つて蛇がうねり、さらには画面の女の脚にまつはりつく。金彩を用ゐるのも絵と文字とをまぜるのも縦長の画面もジャポニスムだが、つまりこの冒頭の一枚は、時代の今昔とか洋の東西とかを問はず琳派的な世界をこれからお目にかけますよといふメッセージ。だから琳派RIMPA展といふ題なのだ。

そしてクリムトの次には「秋好中宮図」と「紅葉流水図」を筆頭に光琳が六点つづき、それで最初の壁面が終ると今度はあの名作「風神雷神図屏風」。それから宗達と光琳、抱一《ほういつ》や其一《きいつ》の江戸琳派がつらなるのは当り前だけれど、次に春草、紫紅、大観、古径などがこの流派の近代版としてとらへられ、最後に、梅原龍三郎、李禹煥《リーウファン》、ルドン、ボナール、マチス、ウォーホールといふことになるのにはびつくりする。大胆奔放な美の系譜学に驚きかつ堪能した、と言へばもつと正確か。

こんな思ひ出を書きつけたのにはわけがある。一つは先日の新聞記事のせい。国立美術館について変な機構いぢりをしたがる向きがあつて、それは困るといふ趣旨の文書を平山郁夫さんと高階秀爾さんが文科相に手渡した由。そこで、学藝員たちの自由で創造的な発想に感銘を受けた例をあげるのも参考になるかもしれぬと思つた。

もう一つは、それ以来、琳派関係の本をいろいろ読んでみて不審に思つたことがあるからだ。美術史家たちはこの流派の基調を、装飾性とデザイン性としてとらへてゐるやうで、そのための具体的な技法として、大胆な構図、明快な輪郭、派手な色彩、金銀彩の使用、たらし込みなどが用ゐられる、と考へてゐる。そのこと自体には別に反対しない。岡倉天心は光琳について、「画と模様との区別をなくせしこと、非常の大事業なりといふべし」と述べたさうで、たしかに琳派はそこからはじまつたし、抱一もマチスも、つまり江戸琳派もＲＩＭＰＡも、この境界線を平気で取り除いたせいで新しい宇宙を発見した。しかし彼らをその装飾性およびデザイン性へと向はせたものは何だらう。そこの所が明らかにされてゐないので、気がもめるのである。わたしは、あれは都市的な祝祭性に由来すると思つてゐる。

厄払ひが装飾モチーフの起原であり目的であるといふローイの説にゴンブリッチは賛意を表してゐた（『装飾芸術論』）。たしかにこの要素は装飾とデザインにとつて重要で、たとへば未開人がさまざまな連続模様によつて地間を充塡《じゅうてん》するのは空虚の恐怖に堪へられないからである（リーグル『美術様式論』）。かういふ衝動の極めて洗練された、高度に優雅なものとして、宗達に端を発する流派があつた。

宗達は京都の上層町衆の出身である。京の祇園会は屛風祭と呼ばれるやうに、商家が所蔵の絵を花やかに展示した。おそらくこのめでたい屛風くらべを企てる都会人士の心理と生理から、派手好みで機智とユーモアと趣向に富む画風ははじまつたのだらう。宗達や光琳の金屛風、銀屛風の前の人だかりが目に浮ぶ。

祭につきものなのは物を並べ立てて景気をつけること。神前に酒や魚や鳥を供へ、祝詞《のりと》であまたの献げ物を称《たた》へて神々の機嫌を取る日本の風習も、アメリカ原住民のポトラッチといふ富の蕩盡《とうじん》もそれだが、世界中の祭に共通するのは行列である。カーニヴァルからわが大名行列や花魁《おいらん》道中に至るまで、同種異種のものを羅列して豪奢を誇り世界を祝福する。豊饒と繁栄を祈る。この列挙は琳派ＲＩＭＰＡの基本的な技法であつた。宗達の屛風に飛び乱れる扇面、始興《しこう》の六曲一双で繰返されるかきつばた、春草の『落葉』に転生した女たちのやうに寂しくあでやかに並ぶ樹々、そしてウォーホールの版画のハイビスカスの花と葉による反復。

日本美とバーコード

日本文化の重要な特質として、藝術の生活化、生活の藝術化といふことがある。絵の場合が一番はつきりしてゐるのだが、たとへば屏風《びようぶ》といふ家具、襖といふ建具、扇や団扇《うちは》といふ涼をとるための小道具、小袖といふ衣服など、実用の品に絵が描かれる。美は生活と一体化している装飾であり工藝であつて、藝術といふ独立したものではない。床の間にかける掛軸《かけじく》にしても、西洋の絵が額縁に入れられて外界と隔絶され、純粋な一世界を主張するのと違つて、世俗の日常性と自由にゆき来してゐる。

文学の場合も、和歌は社交や儀礼や恋愛のための媒体である。それゆゑ王朝の貴族も江戸の盗賊も、死に臨んでは辞世を詠むのが奥床《おくゆか》しいといふ風俗のなかで生きた。俳諧の歌仙は数人が一座して合作する遊戯である。孤独な個人によるきびしい作品ではない。日本人に最も親しまれてゐる文藝鑑賞法は、藤原定家の撰《せん》した百首によるカルタ遊びである。お茶や生花や書が藝術なみに扱はれるのもこの事情による。

十九世紀の後半、日本美術が到来したとき、西洋人はこの異質な美学、あつけらかんとした花やかさと豊かさに驚いた。それは「美の無目的的合目的性」とカントが要約した純粋な美の概念と険しく対立するもので、彼らが長い努力のあとに到達した「藝術のための藝術」と真向から衝突するものだつたからである(大島清次『ジャポニスム』)。

しかし日本人の生活様式は敗戦によつて大きく改まる。小袖や屛風はもちろんとうにないし、襖や扇や団扇も消え失《う》せたに等しい。それにもかかはらず、伝統的な美意識、暮しの美感は生き残つてゐる。竹久夢二や北大路魯山人のいよいよ高い人気も、数人のファッション・デザイナーの海外における活躍も、われわれの文明のさういふ条件を抜きにしては考へられないものだ。そしてわたしの見るところ、現在、最もよくその種の美の媒体となつて、日本人の生活に寄与してゐるものは本の装釘《そうてい》にほかならない。活字ばなれなどと言ふけれど、出版文化は戦前とくらべるならば質量ともに遙かにまさる。長い目で見れば書物はいよいよ国民生活に浸透してきたし、大正年間にはじまる装釘の重視は、戦後のデザインへの関心によつて一般化した。かうして書物の装釘は、光悦や宗達が代表する伝統のための大事な容器となつてゐる。

十数年前、装釘にとつて具合の悪いことが生じた。流通の都合上、バーコードといふ黒いギザギザをつけなければならなくなつたのだ。これが、便利は便利かもしれないけれど、いちじるしく美観をそこなふ。わたしには、醜くて凶悪な感じで厭《いや》らしく見える。デザイナーたちもこれを嫌ひ、討議したり反対したりしたが、効果はなく、新刊書はそれで汚されつづけた。今ではたいていの書物のラパーにこれがついてゐる。ラパーとは日本で言ふカバーのこと。英語でカヴァーと言ふと表紙のことなので、わたしはラパーでゆく（英語ではフロント・カヴァーともジャケットとも）。

厳密な言ひ方をすれば、バーコードはラパーの裏の上部に大きく二列ついてゐて、これがすこぶる目ざはりである。デザイナーがラパーの表と裏を一つづきにして広い画面を使ふことができない。あるいはラパーの裏に余白を効果的に置くこともできなくなる。せめて下のほうにもつと小さく、一段にしてつけたらどうだらう。欧米の本はみなさうしてゐる。そして日本でも雑誌のバーコードは裏表紙の下方にあるのに。

最近の好著二つがこの点で対照的である。一つは辻惟雄さんの『日本美術の歴史』(東京大学出版会)。フェノロサ以来の標準型史観に逆らひつづけた学者がつひに書いた通史で、視野が広く、衝撃的。横尾忠則さんによる破天荒な装釘も刺戟が強いが、惜しいことにラパー裏の上部左7センチ×5センチを白く抜き、バーコード二列その他を入れたため、邪魔なことこの上ない。もう一つは谷沢永一さんの個性的にして物騒な書評コラム集『紙つぶて　自作自注最終版』(文藝春秋)。ラパー裏が真白で、ラパーを取ると白地の表紙に谷沢美智子さんの筆蹟で薄田泣菫の詩。バーコードなしのラパーがまるで歌舞伎の浅葱幕《あさぎまく》のやうに作用するおもしろい趣向。バーコードは背抜きしてある運送用の紙箱に。

わが一般の慣行が欧米ふうにバーコードをラパー裏下部につけることをしないのは、帯のせいだらう。でも、それなら裏の帯に刷ればいいし、帯が取れるかもと心配なら、さらにラパー裏下部にも入れたらいい。本は知と快楽の媒体でしかも商品だが、どちらの局面でも美によつてぐんと価値があがる。化粧品の箱はバーコードを黒およびそれ以外の然《しか》るべき色で下部や底に刷込《すりこ》み、商品を魅力的にしてゐる。本もあれを参考にしてはどうか。出版業界が化粧品業界より知的でないとは、わたしは思はないのだが。

守るも攻むるも

日本海軍は奇妙な記録の保持者である。みづから爆沈した軍艦が五隻もあつて、これは世界有数なのだ。自慢できることではないので、あまり知られてゐないと思ふから、艦名、事故の年月日、場所を書きつけて置かう。

戦艦　三笠　一九〇五年（明治三十八年）九月十一日　佐世保軍港
海防艦　松島　一九〇八年（明治四十一年）四月三十日　澎湖島馬公

巡洋艦　筑波　一九一七年（大正六年）一月十四日　横須賀軍港
戦艦　河内　一九一八年（大正七年）七月十二日　徳山湾
戦艦　陸奥　一九四三年（昭和十八年）六月八日　瀬戸内海柱島

このリストは半藤一利さんからもらつたのだが、半藤さんの話によると、三笠は日本海海戦の勝利に浮かれた水兵たちが火薬庫のなかで宴会をしたせいでの事故だといふ。これは翌年に引揚げてからの調査でわかつた。陸奥の査問委員会は「火薬、砲弾の自然発火を否定し、人為的放火による疑い濃厚と判定」した（『相模湾海軍工廠』）。この資料は鳥居民さんの提供による。そして三笠を除く四艦の爆沈の原因は明らかでない。このへんのことは吉村昭さんの本にも書いてある。そしてこれについては、「日本の艦はよく爆沈するが、少なくとも半数は制裁のひどさに対する水兵の道連れ自殺という噂が絶えない」という中井久夫さんの記述がある（『関与と観察』みすず書房）。中井さんは精神科医だが、父方の一族に軍人が多いせいで、この種の情報に詳しいのだ。

こんな話をはじめたのは、『関与と観察』中の一文に触発され、一昨年暮れから昨年半ばにかけての一連の報道を思ひ浮べたからである。すなはち海上自衛隊の護衛艦

「たちかぜ」の二等海曹某（34）の犯行と裁判。彼は艦内で後輩隊員（20と25）に、パンチパーマにせよと言ひつけたのに従はなかつたといふ理由でエアガンを発射し、暴行した。別の後輩隊員（19）を脅してCD－ROMを十七万円で買はせた。また同艦内で後輩隊員六人に強制し、エアガンとガス銃を用ゐてサバイバル・ゲームをおこなつた。同艦勤務だつた隊員（当時21）が、彼のいぢめをぜつたい許さないと遺書に記して自殺したことも判明した。元二等海曹は懲役二年六月、執行猶予四年の判決を受けた。防衛庁は終始、この事件の解明に消極的だつたが、朝日、毎日、読売の三紙を検索する限り、社民党の国会議員たちはその隠蔽《いんぺい》体質をかなりよく批判して、党の存在を明らかにした。自民、公明、民主、共産はなぜか関心を示してゐない。

旧日本軍は私的制裁がひどかつたし、上官への絶対服従が掟《おきて》とされてゐた。リンチは教育の手段として黙認されてゐたが、実は徴兵制度によつて強制的に自由を剝奪《はくだつ》されてゐる者が、鬱憤《うつぷん》を晴らすためのサディズムであつた（陸軍の場合は、文学では野間宏の長篇小説『真空地帯』、美術では浜田知明の連作版画『初年兵哀歌』がその実態を描いたものとして有名）。このいぢめが極点に達したとき、被害者は脱営逃亡ないし自殺を選ぶしかなかつた。実を言ふとわたしは、そのことはよく知りながら、そして多少は実際に体験してゐながら、自衛隊については楽観視してゐた。徴兵制ではなくなつて自分の意志で入隊してゐるわけだし、アメリカ軍の風俗が取入れられてゐるだらうし、戦後の人権思想が滲透してゐるはずと考へてゐたらしい。野呂邦暢の『草のつるぎ』といふ自衛隊に材を取つた小説に、そんな気配がなかつたことも響いてゐるかもしれない。いづれにしても、まことにおめでたい話だつた。自衛隊は旧日本軍と同じくリンチが盛んだし、さらに上層部はさういふ事態を、容認したり、糊塗《こと》しようとしたりしてゐる。今度の事件に対する防衛庁の反応を見れば、さう推定するしかない。陰湿ないぢめの体質、それを傍観して平気でゐる気風は、われわれの社会から除きがたい。戦前も戦後も日本は変らないのである。

そのことを端的に示すものは自衛官の自殺者数である。陸上、海上、航空の総計を年度別に記す。

00年度　73人
01年度　59人
02年度　78人
03年度　75人

04年度　94人

で、ゆるやかな増加の傾向にある（毎日新聞。〇五年五月十九日）。脱営逃亡者の統計は発表されてゐないのだらうか。それもかなりの数にちがひないし、この種の破局に至らないリンチは数へ切れないほどだらう。

われわれの文明のかういふ局面はまことに不快なもので、心を暗くするに充分である。どうやら近代日本人は軍隊といふ厄介な組織を持つのに向いてゐないらしい。近頃は改憲とか再軍備とかを主張する論者が多いけれど、その種の議論をする際、このやうな国民全体の幼さを考慮に入れる視点も必要だらう。

共和国と帝国

昔、パリントン『アメリカ思想の主な潮流』（一九二七―三〇）といふ本があつて、アメリカ文学に関心のある者はぜひ読まなければならないといふ評判だつた。わたしはへそ曲りで、必読の書と聞いただけで厭気《いやけ》がさすたちだし、それにE・A・ポーの処遇に困つてゐるといふ噂だつたから、手に取るはずがない。敬して遠ざけた。

ところが半世紀前にアメリカ研究といふ学問がはじまつて、この本が基本的なテクストになつた。この新しい研究分野の初期の特色はパリントンの圧倒的な影響下にあることで、ジーン・ワイズ『アメリカ研究における「パラダイム・ドラマ」』は次のやうに要約してゐる。

(a) アメリカン・マインドといふ同種のものから成る精神がある。

(b) アメリカン・マインドは新世界に生れたせいで希望にみち、天真爛漫《てんしんらんまん》で、個人主義的で、プラグマティックで、理想主義的。

(c) アメリカン・マインドはアメリカ人なら誰でも持つてゐるが、とりわけ指導的な思想家(フランクリン、エマーソン、ソロー、マーク・トウェイン、デューイなど)に顕著。

(d) アメリカン・マインドの特色(ピュリタニズム、個人主義、進歩主義、プラグマティズム、トランセンデンタリズム、リベラリズム)はアメリカの過去を貫いてゐる。

(e) 民衆文化の研究も悪くないが、アメリカ研究で大事なのはハイ・カルチャー、すなはち偉大なアメリカ文学である。

とりわけ注目に価するのが(a)と(b)。ヨーロッパへの対抗意識に由来する何だか奇妙な愛国心を基調としてゐる。そしてこの考へ方の支配はアメリカ研究の専門家だけではなく、リベラルなアメリカ知識人全般に及んでゐた。

実は先日、わたしは「RATIO（ラチオ）」創刊号（講談社）でリチャード・ローティ『予測不能のアメリカ帝国』といふ評論を読み、たいそう刺戟を受けたのだが、ローティ教授は、以前自分は長いあひだパリントンの考へ方を受入れてゐた、アメリカほど自由な国はないと信じてゐた、と言つてから、しかし六〇年代の半ばになるとベトナム戦争のせいで事態が変り、今アメリカが悪い戦争をしてゐると同じやうに前にも悪い戦争をしたと見えてきた、あれは大転換だつたと述べてゐる。さういふ知識人が、アメリカは共和国か帝国かといふ問をつきつけられて考へ込むのがこの評論である。パリントン・パラダイムと脱パリントン・パラダイムといふ対照が一方にあるせいで、共和国対帝国といふ図式が鮮明に心に迫る。もともとローティ教授は専門用語を使つておどしをかける人ではないが、哲学者の書いた政治論は二つの対照のせいでいつそう話がわかりやすくなつた。

彼の答は簡単だ。合衆国はローマ共和国同様、腐敗した金権国家であるが、しかし独裁国家ではないから帝国ではないといふのである。合衆国は今でもまだ立憲民主国だし、選挙結果が国政を変へる。言論の自由はあるし司法は独立してゐる。だから希望はある。帝国なら暴君の暗殺しか救済策はないが、合衆国では悪い大統領は選挙民の判断でやめさせることができる。第一、二〇〇〇年にラルフ・ネーダーに投じられた三百万票をゴアが得てゐたら、ブッシュの当選はなかつたのだ。

ここで失笑する読者は多いことだらう。「タラ」「レバ」を語つてはいけないと誰だつてたしなめたくなる。わたしもちらりと微笑を浮べる。しかしローティ教授の次の台詞《せりふ》は感動的だつた。彼は言ふ。

現在わが国の犯してゐる悪はわが国の本性ではない。もともと合衆国は歴史は持つてゐるが本性は持つてゐない。合衆国は試行錯誤をしながら自己形成をつづけてゆく。

わたしが感動したのは、多分、ローティ教授がパリントンとしつかり対話した痕跡をここに見つけたからだらう。彼はかつて一読した本の感化から逃れるとき、単に流行に従つたのではなく、知識人だから当り前だけれど、あれこれと思案したのだ。もともとパリントンの考へ方は、アメリカといふ歴史のない土地を宣揚するためのもので、ヨーロッパと違つて因襲的な過去がないから自由であり素朴であり理想がある、といふのだつた。つまり、伝統がない代りさういふ輝かしい本性があるといふいささか単純な自己美化の理屈。これでは伝統主義者ヘンリー・ジェイムズの扱ひにも当惑するはずだ。

しかしローティ教授は、潔白だと思ひ込んでゐた過去がずいぶん汚れてゐることに気づいたとき、それなら未来を立派なものにすればいいし、またそれしか手はないと考へた。そこで、本性などなくて歴史があるといふ発言になる。つまり歴史観が前よりも格段に深まつたわけだ。かういふふうに未来を含むものとして歴史を考へるのはわたしの好みに合ふし、それに筋が通つてゐて穏当な態度である。気分もすこし明るくなる。

画集の快楽

仏像はついこのあひだまで藝術ではなく、宗教に属してゐた。あるいは呪術に。そのことを極端な形で示すのは、一八八四年（明治十七年）、フェノロサが無理やり開けさせるまで、法隆寺の救世《ぐぜ》観音は布でぐるぐる巻きにされてゐて、僧たちも見たことのない、まつたくの秘仏だつたといふ事態である。その夢殿の観音を含む奈良の仏たちは、和辻哲郎の『古寺巡礼』（一九一九＝大正八年）以後、はつきりと藝術品になつた。この移り変りでよくわかるやうに、藝術といふ概念はごく新しい。たとへば室町のころ金屏風《きんびようぶ》は葬式のときの調度で、よその邸から借りて来た。現在、四国の金刀比羅宮《ことひらぐう》の若冲《じやくちゆう》その他の絵が一般に公開されてゐないのは、秘仏あつかひの名残りと見立てることができよう。

かういふ歴史的な見晴らしを頭に入れると、複製藝術についてのベンヤミンの考へ方がわかりやすくなる。彼に言はせると、古代においては藝術品はまづ魔法の儀式、次に宗教的儀式に使はれるもので、礼拝のための道具であつた。ルネサンスにはいると非宗教的な形で美があがめられ、展示的価値が強調される。十九世紀末には藝術のための藝術といふ一種の神学、あるいは裏返しの神学が生れる。しかしこの場合、礼拝的価値は残つてゐて、この古い要素が展示的価値にまつはりつく。

印刷や写真や録音といふ、技術と商業主義との結合によつて複製藝術が生れると、それにはこの礼拝性が脱落した。オリジナルといふ「ほんもの」は「今」「ここ」にしかないといふ一回性のせいでアウラを持つ。複製藝術にはそれがない。アウラとは、微妙で独得な雰囲気、発散する魅力、輝かしさ。CDで聴くカラヤン指揮のベートーヴェンの交響曲や、画集で見るセザンヌ『サン・ヴィクトワール山』の何か不思議に物足りない感じを独創的な手つきで分析して、これは批評の名人藝だと言へよう。第一、話の柄が大きくていい。

ところで最近、結城昌子さんの『画家の手もとに迫る原寸美術館』（小学館）といふ新趣向の画集が、朝日新聞書評欄の再三にわたる推奨のせいもあつてよく売れてゐる。わたしは偶然、店頭で出会つて、いろいろとおもしろがつた。数日ページを繰つて飽きなかつた。これは音楽の複製藝術が、ハイファイとかステレオとか工夫を凝らしたと同じやうに、何とかして画集の欠点を補はうとしたものである。広大な原画をせいぜい30センチ×40センチくらゐの（普通はもつとずつと小さい）書物に収めるため、当然、大きさの感覚が伝はらない。それを、部分だけでも原寸で差出して鑑賞させようといふ狙ひだつた。

部分を原寸で見せることは、個々の作品ではこれまでもなされてゐるが、三十三点の代表的名画でおこなはうといふのは初めてではないか。これによつて受容者と絵画との関係が改められた。たとへばミケランジェロの、システィーナ礼拝堂の天井絵など、近寄つて見ることがぜつたいできないわけだから、何か安全地帯にあつての秘境探検みたいな気持にさへなつて、興趣が盡きない。フェルメールの『牛乳を注ぐ女』

では、カメラ・オブスクラ（小穴にレンズの代りをさせて暗箱の片側に倒立した像を映し出し、それをカンヴァスに映し取る）を利用したことさへよくわかる。

そんなふうに楽しんだ上で言ひ添へるのだが、しかしこれはやはり本式の絵の見方ではない。大きな絵の前に適当な距離を置いて立ち、絵の世界に包まれて生きる感じは味はへない。ボッティチェルリの『ヴィーナスの誕生』と『春』は、わたしが長い時間かけてオリジナルを見たと言ふことができる二点だが、そのときの総合的な幸福感や陶酔は、原寸のヴィーナスの顔や首や髪の一ページによつても、春の女神の右手と花やかな衣裳の見開き二ページによつても、ヴィーナスの両足とサンダルと足もとに咲き乱れる花々の見開き二ページによつても与へられない。それぞれ比類なく美しいディテイルなのだが。大きな画面の前に立つわたしには、細部に見入つてゐるときにも画面の他の要素がおのづと視野にはいつてゐて、微妙で豊かであでやかな効果をあげてゐるのだ。人間の眼とカメラのレンズとは違ふと言へばそれまでだけれど。

ただそれとは別に、マネの『フォリー・ベルジェールのバー』の、中央下部、花を二輪いけたグラスや果物を盛つたガラス器の描き方の、速度のある美しい筆触にはほれぼれした。これは印象派の画家たちが東洋美術から取入れた技法で、同じことはモネ『睡蓮、緑の反映』の粗くて速い絵筆の運び方にも言へる。わたしはそれらのページに夢中になつて、全体から切り離したいはば残欠の美だからこそこんなに感銘を受けるのかもしれぬ、オリジナルと向ひ合つたときは味はへない興奮かもしれない、世にはこんな形のアウラもある、などと思つた。

妄想ふたつ

このところ変なことを二つばかり思ひついて困つてゐる。よく言へば奇想だが、悪く言へばこじつけかもしれない。つまり妄想。でも、ちよつと捨てかねる。

一つは『エバは猫の中』といふ久しい以前に出たラテン・アメリカ短篇小説選の解説（木村栄一）で知つたことのせい。それによると、スペイン系の植民地では約三世紀のあひだ、小説は思想および宗教上好ましくないといふ理由で本国からの輸入が禁じられてゐた（詩と戯曲はかまはない）。メキシコの建築家が『ドン・キホーテ』を持つてゐたせいで異端審問所に召喚されたとか、十七世紀前半に書かれたロドリゲス・フレイレの長篇小説『羊』は出版できず、手稿の形で読みつがれたとか。小説輸入の解禁は一八一〇年代のことで、『羊』は一八五八年にやうやく刊行された。こんなふうに小説全体を虐待し迫害するのは、世界文学史上、例外的な現象ではないか。

そこでわたしは、二十世紀後半の世界文学を清新に彩つたラテン・アメリカ小説の隆昌（ボルヘスやガルシア＝マルケスやバルガス＝リョサその他）には、多年抑圧され貯へられてゐた小説的エネルギーの爆発といふ面もある、と考へるのである。これでゆけば解禁後、百年ちよつと経つてから成果が出たわけで、ずいぶん手間取つてるやうな気もするが、しかしあのすばらしい花ざかりにはこれくらゐ準備期間が必要だつたとも言へよう。

もう一つはカルロス・クライバー指揮の『カルメン』をＤＶＤで何度も楽しみ、そのたびに驚いたり呆れたりしたあげく思つたこと。この実力と人気を兼ね備へたマエストロは生前から伝説的存在で、とりわけレパートリーのすくなさと複製を滅多《めつた》に許さぬことで有名だが、二〇〇四年に亡くなつてからＣＤやＤＶＤが出はじめた。多年の渇をいやす思ひで、もちろんよい売行き。みなすばらしいけれど、なかんづく『カルメン』（オブラスツォワのカルメン、ドミンゴのホセ、そしてゼッフィレッリの演出）がすごい。このオペラがはじめてわかつた気がした。それほどのものを、一九七八年のライヴ収録以来クライバーは三十年近く押へてゐたわけだ。どうしてそんな愚行（と言ひたくなる）を敢へてしたのかしら。

わたしの推理はかうだ。父親である指揮者エーリッヒ・クライバーは、ユダヤ人でないのにナチスと対立し（アルバン・ベルクの『ヴォツェック』を手がけるなど反ユダヤ政策に楯《たて》ついた）、一九三九年にはブエノス・アイレスでアルゼンチン国籍を取る。クライバー一家はこれ以後四八年まで南米にあつた。当然、この父子はナチスとの関係においてまつたく潔白である。やましい所がいささかもない。

これは戦後ドイツの音楽界ではまことにしあはせなことであつた。ナチス党員だつた経歴のあるカラヤンの場合はもちろんだし、ヒトラーとゲッベルスの庇護《ひご》を受けたフルトヴェングラーも後ろ暗い感じが拭ひがたい。何しろ、ナチスと巧妙に闘ひながらユダヤ系音楽家たちを助け、見事に生き延びたリヒャルト・シュトラウスさへも、戦後、妙な言ひがかりをつけられて流浪の日々を送らなければならなかつたのだ（山田由美子『第三帝国のR・シュトラウス』世界思想社)。クライバーは、君臨してゐるカラヤンの汚点をかなり意識してゐたはずだから、運命が自分に贈つてくれたこの条件を恩寵《おんちょう》としてとらへ、そこで、幸運にふさはしいだけの完璧《かんぺき》さを自分の藝術に求めたのではないか。その結果、あの僅かなレパートリー、棒を振つた交響曲やオペラの複製を検討し吟味する際の病的にきびしい態度が生じたのではないか。

もちろんどちらの場合も反論はやさしい。ラテン・アメリカ文学の件については、小説の密輸入は多かつたらうし、裏では盛んに流通してたに決つてるから、禁止のせいなんて思ひ込みにすぎぬ、と軽くいなしてもいい。二十世紀になると南米、殊にアルゼンチンは経済的に向上した。ヨーロッパとの接触も増し、識字率も上つたらう。その結果さ、と大きく構へる手もある。ラテン・アメリカ小説論は多いが、抑圧がつづいた反動として約一世紀後にとつぜん繁栄が訪れたなんて、そんな突飛《とつぴ》な説は誰も述べてゐないといふ論法もあらう。クライバーについては、五歳くらゐからドイツにゐなかつたのだからナチスと無関係なのは当り前で、そんな自明なことを気にかけるものか、と言へばそれですむ。何しろあの男は名うての変り者でね、天才にはよくあることさ、と片づける手もあらう。

しかしそれにもかかはらずわたしは、自分の思ひつきに未練がある。ラテン・アメリカ小説の奇蹟的な出現と、クライバーの自作に対する厳格すぎる扱ひは、自分が目の前に見た驚くべき事件で、何とかして謎を解きたいのである。一般に藝術の歴史は不思議にみちてゐるものだけれど。

新しい歌舞伎座のために

九代目團十郎が踊りの名手だつたといふ話を、わたしは久しく軽んじてゐた。十一代目および当代からの連想で、何となくさう思つてゐたのか。しかし海老藏の『藤娘』(五月歌舞伎座、夜の部)を見て、考へを改めた。やがて十三代目になる人のこの舞台から察すれば、明治の伝説はやはり真実を伝へるのかもしれぬ。そんな推量をさせるくらゐ、海老藏は、男であることを隠さずにしかも藤の妖精である娘になりきつてゐる。現《うつつ》に幻を見る思ひだつた。

もう一つある。わたしは迂闊《うかつ》にも山崎正和『獅子を飼う』を高く評価してゐなかつた。三演（一月サンシャイン劇場）を見て愕然《がくぜん》とした。丁々発止の対話が豪奢きはまりなく（三島由紀夫の場合と違ひ、論理的でしかもレトリカル）、日本では珍しい台詞劇《せりふげき》を現前させてゐる。千利休役の平幹二朗に配するに秀吉役の三津五郎をもつてしたことが、この成功をもたらしたのだらう。

この新しい成果二つを一方に置き、仁左衛門、吉右衛門、勘三郎などの練達の仕事ぶりを他方に据《す》ゑて広く見わたすと、今日における歌舞伎の重要性がよくわかる。歌舞伎役者たちは、河竹登志夫的語彙《ごい》で言へば、バロック演劇の正統を学び受けつぎながら新しい展開に励み、そのせいで日本のパフォーマンス・アート全体に生気と刺戟を与へてゐる。伝統的であることが前衛的であることだといふT・S・エリオットの考へ方を、いま彼らは身をもつて実践してゐるやうだ。

ところで、その日本型バロック演劇の根拠地である東京の歌舞伎座が改築するといふ。これはわれわれの文化全体にとつての大事件だから、一言、希望を述べて置きたい。わたしの提言が呼び水になつて、いろんな発言が出ることを望む。

第一に、地下鉄の東銀座駅からぢかに（つまりいつたん地上に出ずに）劇場の地下一階にゆけるやうにしてもらひたい。もちろん地上一階正面の本来の入口は残した上で。かうすれば劇場前の混雑（殊に荒天時の夜の部開場を待つ際のそれ）を上手に処理することができる。

第二にエレベーターとエスカレーターを両方つけてもらひたい。車椅子の客の便宜を忘れないこと。

第三に、階段の傾斜をゆるやかにしてほしい。今の段々は急に過ぎて怖い。

第四に、ロビーをもつと広く取つてもらひたい。今のやうに狭苦しくてごたごたした造りでは、根《こん》を詰めて見た疲れが取れないし、それに女のお客の晴着が引立たない。劇場が衣裳くらべの場を兼ねれば、女の見物が殖え、従つて男の客も多くなるだらう。

女の客のこととなると、当然、お手洗ひの問題が心に浮ぶ。どうして婦人用を今の三倍くらゐ設けないのだらう。わたしは彼女らの長蛇の列を見ると申しわけない気持になつて困る。あれは日本の劇場建築に共通する欠陥である。能楽堂でさへさうだ。そのくせ歌舞伎座ではお土産物の店がひしめきあつてゐる。あの手の店はなるべく地階に置くやうにしてはどうか。これが第五。

第六に、客席内での飲食の件がある。匂ひが漂つて観劇の興をそぐ。西洋ふうにといふよりもむしろ能と同じやうに、ぜつたい禁止にするのが筋だらう。そのためには弁当をひろげる食堂が必要になる。国立劇場はきちんと用意してあつて好都合だが、歌舞伎座もあれにならふべきだらう。高層建築になるらしいから、四階とか五階とかにその手の空間を置けばいい。湯茶のサービスがあれば上乗だが、これは自動販売機で買ふことにするか。

第七に、クロークはなくてもいいから(あれは人手が要る)、ロッカーをたくさんしつらへてもらひたい。それから傘立ても。客席に一人一個のバッグを携へるのはもちろんかまはないが、それ以外の紙袋などを持つてはいるのは禁じるべきである。出入りに不便だ。雨傘の持込みはもちろんいけない。客席に立てかけてあるのが倒れたり、自分の席に就かうとするとき床の上に置いてある誰かの雨傘を踏んだりするのは、じつに厭《いや》なもの。

第八に、楽屋とりわけ三階の脇役たちの部屋が心配だ。もうすこし好遇《こうぐう》して然《しか》るべきではないか。階段の傾斜も急で、あれでは何かのときに大変なことになりさうだ。もちろん今度はエレベーターがつくのだらうが、それもわたしとしては、大事を取つて一台ではなく二台、楽屋にあるといいと思ふ。

一番大事なことが最後になつた。歌舞伎座の最大の美点は音響効果がすばらしいことである。あれはすごい魅力で、声がよく通るから役者が出たがる。木の使ひ方がうまく行つてゐるのでかうなつたと聞くけれど、今度はずいぶん高いビルになるらしいから、鉄筋を多用するのは当然だが、何とかうまくやつてもらひたい。あの有名な戯曲でデンマークの王子が言ふやうに、芝居は聞くものなのだから。

後記　この稿を記すに当つては今川憲英さん（建築家）と藤森照信さん（建築史家にして建築家）に教へていただいた。お二人といつしよに歌舞伎座のなかを一巡したときの案内役は関容子さん（『花の脇役』と『芸づくし忠臣蔵』の著者）であつた。

谷川俊太郎の詠物詩

ほんはほんとうは
しろいかみのままでいたかった
もっとほんとのことというと
みどりのはのしげるきのままでいたかった

だがもうほんにされてしまったのだから
むかしのことはわすれようとおもって
ほんはじぶんをよんでみた
「ほんとうはしろいかみのままでいたかった」
とくろいかつじでかいてある
わるくないとほんはおもった
ぼくのきもちをみんながよんでくれる
ほんはほんでいることが
ほんのすこしうれしくなった

『ほん』といふ詩である（谷川俊太郎詩集『すき』理論社）。抒情的でしかも知的で、哀切でそのくせしあはせな感じで、吐胸《とむね》をつかれる思ひだつた。年少の読者のための詩だから当り前だが、やさしい言葉しか使つてないのに、持ち重りがする。趣向や言葉遊びが気がきいてゐるのは言ふまでもない。昔わたしは、文人の理想は、大衆は大衆なりにおもしろがるし、知識人は知識人なりに楽しむ、さういふものを書くことで、たとへば『ハムレット』などその好例だと教はつたことがあるけれど、この詩はまさしくその口だらうと感嘆した。

「アンソロジー・ピース」といふ業界用語があつて、無理に訳せば「詞華集《アンソロジー》向きの詩」か。イギリスは詩の名作選がよく売れる国だから、こんな言葉も生れるわけだが、つまり、出来がよくて、人気があつて、わりに短くて、暗誦しやすい、そしてもちろん詞華集によく採られるもののこと。たとへばシェイクスピアの「シルヴィアつて誰? どんな人?」や、ブレイクの『虎』、あるいはイェイツの『レダと白鳥』。日本ならさしづめ与謝野晶子『君死にたまふことなかれ』、佐藤春夫『秋刀魚《さんま》の歌』、三好達治『雪』(「太郎を眠らせ、太郎の屋根に雪ふりつむ」)あたりかしら。谷川さんのこの詩は将来そんなふうに記憶されそらんじられることになるだらう。といふよりむしろ、日本がいつかそんな国になるといいのだが。

ところで業界用語をもう一つ。「詠物詩」といふ言葉。これは漢詩のほうで、文字通り「物」を題材にして詠む詩のことで、詠史詩(史的事件や人物を扱ふ)とか詠懐詩(心のなかの思ひを詠む)とかと並ぶ。それも概して身辺の雑具や小動物や飲食物を好む傾向があるやうだ。例を引く。

大刀魚《だいとうぎょ》　柏木如亭《かしはぎじよてい》
吶喊《とつかん》　声銷《き》えて天日麗《うるは》し
波濤《はとう》　海静かなり太平の初め
折刀百万　沙《すな》に沈み去り
一夜東風　盡《ことごと》く魚と作《な》る

合戦のとき折れた無数の白刃がこの太刀魚《たちうを》と変じたのかといふ空想ないし諧謔《かいぎやく》。名匠の名作は一首にしてよく江戸後期の詠物詩ばやりを代表するはずだ。そして『ほん』はこの系譜に属する。『すき』には他に、『まり』『ひも』『いす』『えんぴつ』など同種の作が多いし、もともと谷川さんはこの手の詠み口が得意で、いはば新しい詠物詩の名手なのである。勉強家の詩人が江戸漢詩に目を通してゐても不思議はないし、それに十八世紀の末、詠物詩は俳諧と交流してゐたから（揖斐高《いびたかし》）、間接的な影響もあり得るわけだ。しかし別の考へ方もできる。

これも揖斐さんの『江戸詩歌論』に詳しく書いてあることだが、詠物詩の流行した安永＝天明のころは江戸漢詩の転換期である。それまでは荻生《をぎふ》徂徠《そらい》や服部南郭《はつとりなんかく》の古文辞派が全盛で、『唐詩選』を教科書にして盛唐の詩を模倣し、格調の高いロマンチックな詩を作らうと努めてゐた。そんな風潮への反動、すなはちもつと素直に自分を表現する詩を書かうとする一派が現れたのは当然で、彼らは明の袁中郎《えんちゆうろう》に学び、自由と個性を尊ばうと心がけた。その際、彼らの小粋な反乱にとつて好都合なのは、ごく手近な所に詠物詩といふ形式があることだつた。それは、先人の大げさな身ぶり、派手かもしれないけれど空疎と言つて言へないことはない台詞まはしの逆をゆかうとするときに、絶妙の仕掛けとなつた。かうして新しい詩人たちは清新な詩情を見いだす。

　百数十年前のこの両派の関係は、戦後詩の最も興味深い対立である「荒地」と「櫂《かい》」とのことを連想させる。そのころ「荒地」の激越な論客は「櫂」の詩風について、「実存的な関心も、社会的な関心も、もたない」と評したけれど、これは彼らの文学的方法の違ひをじつによく示すものだつたのではないか。大岡信さんと並んで「櫂」を代表する詩人であつた谷川さんが、世界と人間について自分の流儀で歌ふとき、詠物詩はまことに使ひ勝手のよい道具の一つだつたのである。

相撲と和歌

相撲と和歌は切つても切れない仲であつた。王朝の昔、和歌の重要な発表形態として歌合《うたあわせ》なるものがあつて、これは左方と右方の両チームが同じ題で詠んだ歌を一首づつ出して勝敗を争ふ。優劣を決めるのは判者で、これがつまり審判だが、普通その理由も述べるから批評家をも兼ねる。引分けの場合は持《じ》とする。最初におこなはれたのは八八四年（元慶八年）から八八七年（仁和三年）までのあひだの某年夏の『在民部卿家歌合』で、十二番二十四首の歌は一首を除いてすべて残つてゐる（ただし作者名は不明）。主催者は在原行平《ありはらのゆきひら》。この人の弟が美男で有名な歌人在原業平《ありはらのなりひら》だが、兄のほうも歌で知られてゐた。『小倉百人一首』に、

立ちわかれいなばの山の嶺におふるまつとしきかば今かへりこむ

がある。

ところで行平は八五八年（天安三年）から八八六年（仁和二年）まで節会相撲《せちえずまふ》（毎年七月、諸国から召された相撲人《すまひびと》がおこなふ相撲を帝が御覧になる儀式）の統括者であつた。そのせいで歌合には節会相撲の方式があまた取入れられてゐる。まづ左方と右方といふのが相撲に由来するものである。また初期歌合では最初の歌を「占手《うらて》」と呼ぶが、これは相撲節会ではじめに手合せする小童《こわらは》を言ふ語の借用。最後の一番の歌を「最手《ほて》」と呼ぶのも相撲の最高位（今の横綱に当る）から来た。その他いろいろあるが略す。こんなわけで、歌合が相撲の影響下に成立したことは明らかである（萩谷朴）。

さて、ここから先はわたしの想像。相撲の年寄名が、

春日野
九重《ここのへ》
宮城野
片男波《かたをなみ》
放駒《はなれごま》

などと優美なのはもちろん歌語であるせいだが、おそらく行平は左右の相撲人たちに、歌枕その他を引いて醜名《しこな》をつけ、それが伝統となつたのではないか。それとも歌ことばを醜名とする風俗は、行平を記念するこころで生じたものか。そして醜名のほうは後世、次第に趣味が落ちたけれど、年寄名は保守性と古典主義の規制が強く働き、今もなほ日本美の極致といふ趣なのであらう。念のため言ひ添へて置くが、これはわたし一人の評価ではない。先年、高島俊男さんは年寄名を、「まこと日本語のなかの錚々《そうそう》たるもの、美人ぞろい」と褒めたたへた。

このあひだ、負けた外国人力士が大荒れに荒れて問題を起したことがあつて、そのせいで、相撲は礼にはじまり礼に終るといふ説をいろんな所で読まされた。相撲は神

事であつてスポーツとは違ふといふのも見かけた。そのたびにわたしは、どうも話が茫漠《ぼうばく》としてゐる、相撲は宮廷儀式だし、和歌と縁が深いといふことを教へればいいのに、と思つた。この説明のほうが理屈の筋が通つてゐてわかりやすい気がするが、どうだらう。いや、かへつてむづかしくなつたなんて、顔をしかめられるか。

しかし相撲が、一時ほどではないにしてもこれだけ人気がある以上、外国人力士は着々と殖えてゆくはずだ。ちようどアメリカの大リーグが諸国から名人上手を集めるやうに、大相撲も世界中から力持ちの若い衆を呼び寄せることになりさうだ。そこで大事なのは、日本的な美意識を外国人力士にどれだけ教へることができるかといふことである。これがうまくゆけば、国技の将来は明るい。

などと論陣を張ると、モンゴルやロシアから来た、体が頑丈な若者を相手に日本美もないもんだと笑はれるかもしれないが、しかしそれは観念語による要約に辟易《へきえき》する人の言ひ分である。反論は易しい。アメリカはまづ野球を通して、次には映画やミュージカルやジャズやミステリーやSFを通して、キューバや韓国や台湾や日本の若者たちにアメリカ的な美意識や倫理感を教へることに成功したから、それで大リーグはあるのだ、と言ひ返せばよい。もちろんこれに加ふるに、彼らが接した、実物のアメリカ人たちの言動や礼儀作法が啓発した面も多々あるわけだけれど。

これは一国文化が複合体であつて、野球なら野球、相撲なら相撲が孤立した形で成立してゐない以上、当り前の話である。とすれば、外国人力士には、日本文化の他のいろいろな要素にある程度親しませるのが賢明な策だらう。黒澤明や小津安二郎の映画を見せるとか、歌舞伎へ連れてゆくとか、寄席《よせ》へゆかせるとか。相撲が興行として定着したのは江戸時代だから、江戸の様式美を身につけさせるのはとりわけ大事なことだ。『百人一首』が普及したのは江戸後期ゆゑ、カルタ取りをすすめるのもいいかもしれない。これなら、王朝の気風もついでに学びながら、異国での職業にゆかりの深い人物をなつかしむこともできる。

浮舟のこと

自分の話はなるべくしないやうにしてゐるのだが、この場合は仕方がない。先日、金屏風《きんびようぶ》について書いた（「国華」一三三一号、9月発売）。これは本来なら創見を自慢できるもののはずだつた。浄土三部経（『無量寿経』『観無量寿経』『阿弥陀経』）に記されてゐる浄土の眺めが金づくめであるせいで本朝の金屏風が生れた、といふ推論なのである。ところが途中で、ベッティーナ・G・クラインさんが同じ趣旨のことを二十年以上も前に述べてゐるのがわかつた。ただしわたしの知る限り何の反響もなかつたらしい。そこで『六日のあやめ』と題を改めて書き直し、彼女の新説をたたへ、ついでに、向うが書いてないことを補ふことにしたのだが、このせいで、閨秀《けいしゆう》の名論で無視されてゐるものがもう一つあつたつけと思ひ出した。しかしそれを紹介するためには、前置きめいた説明からはじめなければならない。

村上天皇の宣耀殿《せんようでん》の女御《にようご》となる藤原芳子は、父親である小一条左大臣師尹《もろただ》から、習字と箏《こと》に巧みであることと『古今集』の和歌全部の暗記とを求められた由。これが后《きさき》の条件だつたわけだ。和歌を覚えるのは、一つには自分で詠むためだが、もう一つは会話のため。当時の貴族階級には、会話のなかに古歌の一部を引用する風習があつた。これを引歌《ひきうた》といふ。

その一例。『源氏物語』は写実小説だから、王朝風俗をまめに写してゐる。「夕顔」で、なにがしの院に連れて行つた夕顔に向ひ、光源氏が、もうそろそろ名前を教へてくれてもいいでせうと言ふと、女は「海人《あま》の子なれば」と答へる。これは『和漢朗詠集』「しらなみのよする渚に世をすぐす海人の子なれば宿もさだめず」の第四句をもつて一首を代表させたもので、名を明かす気はありませんよといふ意味。これでわかるやうに、引歌は婉曲表現であり、教養の見せびらかしであり、同じ教養の持主同士の親愛の情の表明である、古典主義的な社交術であった。

といふわけで、実生活的にも文学的にも極めて興味深い現象なのだが、これを扱つた好論として伊東祐子さんの『源氏物語の引歌の種々相』（『源氏物語の探究　第十二輯』風間書房、一九八七年、所収）がある。刺戟的な研究で、教へられるところ多大だつたのだが、不思議なことにこれもまた評判にならなかつたらしい。わたしがおもしろがるものの宿命か。

伊東さんはたとへば、左馬頭《さまのかみ》が「帚木《ははきぎ》」にしか出て来ない端役なのに九回も引歌をするし（頭中将は全体で十一回）、それがみな気取つた感じであることに注目して、これは性格描写なのだと見る。わたしはこの指摘を喜んだ。といふのは、一体にあの雨夜の品さだめは退屈で、言葉数のすくない光源氏がその前夜、藤壺とはじめて共寝したことを考慮に入れてやうやく味が出てくると前まへから考へてゐるのだが、それにしてもあの長丁場は小説的な綾《あや》が乏しい。ほかに何か仕掛けがあるはずと思つてゐたからである。

しかし瞠目《どうもく》に価するのは、匂宮も薫大将も浮舟に語りかけるとき引歌を用ゐない

(厳密に言へば薫は一度、土俗性の強い歌謡を引くけれど)、といふ発見である。これは二人が彼女の恋人であつて、その関係に苦しんだあげく浮舟が入水するといふ事情を横に置くと、まことに異様なことだ。一般に男は愛する女人と差向ひになると歌の一句を借りたし、それに匂宮と薫が浮舟の異母姉である大君、中の君に向つて話しかけるときは、どちらも何度も古歌を引用してゐるのだから。

言ふまでもなく引歌は相手がそれを理解することを前提としてゐる。たしなみのない相手には古典を引いても意味がない。そして浮舟は、父が桐壺帝の第八皇子ではあるものの母は女房で、父に認知されてゐない身であつたし、それに母が子連れで常陸《ひたちの》介《すけ》の後妻になつたため、東育ちである。当時、関東は辺境であり、言葉づかひも違ふ。ぐんと低く見られてゐた。そんなわけで二人の貴公子は、受領《ずりよう》(地方官)の子である東少女《あづまをとめ》を見下し、軽んじてゐた。宮廷的な教養と趣味を身につけてゐない田舎者としておとしめてゐた。さういふ階級的=地域的蔑視の具体的な表現が引歌なしの会話だつたのである。

このことは、同時代の読者たち、すなはち藤原道長を中心とする百人かせいぜい二百人のうちの何割かにはよくわかつて、穿《うが》つた書き方をする作者だと恐れられたに相違ない。室町のころになつても、連歌師たちのやうな読み巧者は気がついたはずだが、微妙な小説作法に属することなので、意識はしても書きとめるには至らなかつた。しかし現代の伊東祐子さんは鋭くテクストを読み、浮舟の生き方の哀れ深さに清新な角度から強い光を当てた。伊井春樹編『源氏物語引歌索引』のおかげとはいへ、誰一人なし得なかつた探求である。柳田國男のいはゆる「妹の力」に敬意を表する。

政治と言葉

小泉前首相の語り口はワン・フレーズ・ポリティクスでいけないといふ、あの非難を耳にするたびに、おや、と思つた。物心ついてからこの方、日本の政治はみなワン・フレーズであつたからだ。

わたしの歴史は六歳になつたばかりの満州事変勃発ではじまるのだが、その張本人、石原莞爾《かんじ》は満州国の国是として「五族協和」をかかげた。天皇機関説が問題になると

「国体明徴」とか「万世一系」とか「金甌《きんおう》無欠」とかがしきりに言はれ、昭和史前半の標語は「八紘一宇《はつこういちう》」だつた。近衛内閣は「聖戦完遂」と唱へつづけ、平沼内閣は欧州情勢が「複雑怪奇」であるとして退陣し、東条英機はいくさが敗けさうになると「本土決戦」「一億玉砕」などと強がり、いよいよ手をあげるとき鈴木内閣は「承詔《しようしよう》必謹《ひつきん》」と国民に諭した。吉田茂は南原繁を「曲学阿世《きよくがくあせい》」とくさし、池田勇人は「所得倍増」で、田中角栄は「列島改造」、中曽根康弘は「不沈空母」だつた。かうして見ると四字熟語の連続で、字数が多いのは「統帥権干犯」（北一輝）、「大東亜共栄圏」、「ABCD包囲陣」（この二つは誰が言ひ出したか不明）くらゐのものか。

四字熟語づくしになるのはもつともで、これなら簡潔鮮明で威勢がいい。堂上の歌学も浄瑠璃の詞章も参考にならないとき、せいぜい役に立つのは明治の漢文くづしで、師匠筋がこれなら四字熟語が活用されるのは当り前だつた。しかしこのレトリックは、横綱や大関が、「不惜身命《ふしやくしんみよう》」「不撓不屈《ふとうふくつ》」「堅忍不抜」などと晴の席での挨拶《あいさつ》に使つたため、滑稽なものになつたし、□肉□食（正解はもちろん「弱肉強食」）に「焼肉定食」と答へるといふ冗談のせいでいよいよ威厳が薄れ、ほうぼうの書店が『四字熟語辞典』を出すに及んで賞味期限が切れた。その政治的言語の危機に際して、「感動した!」とか「人生いろいろ、会社もいろいろ」とか、他愛もないけれどもとにかく新しい手口を工夫したのが小泉前首相である。

他愛もないのは、咄嗟《とつさ》の発言だから仕方がないと同情することもできる。しかしじつくり準備したときは記憶に残る名せりふは出なかつた。とにかく短い口語性が特徴で、ざつかけない(ざつくばらん、ざつくりの意)感じが妙に人気を呼んだ。しかしわたしとしては、ざつかけなくても構はないから、もうすこし内容のあることを、順序を立てて言つてもらひたかつた。さういふ口のきき方をして受けたのなら、どんなによかつたらうと思ふ。

そこで新しい政治言語の仕上げは新首相に委ねられることになるが、あの人、果してどうだらうか。実は今度、新著『美しい国へ』(文春新書)を読んで、小首をかしげたくなつた。本の書き方が無器用なのは咎《とが》めないとしても、事柄が頭にすつきりはいらないのは困る。挿話をたくさん入れて筋を運ぶ手法はいいけれど、話の端々にいろいろ気がかりなことが多くて、それをうまくさばけないため、論旨がきれいに展開しない。議論が常に失速する。得意の話題である拉致問題のときでさへさうだつた。これ一体に言ひはぐらかしの多い人で、さうしてゐるうちに話が別のことに移る。これは言質を取られまいとする慎重さよりも、言ふべきことが乏しいせいではないかと心配になつた。すくなくとも、みづから称して言ふ「闘ふ政治家」にはかなり距離がある。当然のことながら読後感は朦朧《もうろう》としてゐるが、後味のやうに残るのは、われわれが普通、自民党と聞いて感じる旧弊《きゆうへい》なもの、戦前的価値観への郷愁の人といふ印象であつた。

近代民主政治は、血統や金力によらず、言葉でおこなはれる。その模範的な例は、誰でも知つてゐるやうにリンカーンのゲティズバーグ演説（「人民を、人民が、人民のために」）である。易しい言葉しか使はない短い演説で、人心を奮ひ立たせた。マーク・トウェインからヘミングウェイに至る新しいアメリカ文学の口語性はここからはじまる、といふ説もあるらしい（ゲリー・ウィルズ『リンカーンの三分間』）。

しかしいま読み返してみると、リンカーン個人の才能、戦時の大統領といふ激務のなかにあつて二度も原稿を書く情熱もさることながら、やはり古代ローマ以来の雄弁術の伝統が決定的にものを言つてゐる。民衆が政治家に、言葉の力を発揮させてゐるのだ。社会全体のさういふ知的な要望があつて、はじめて言葉は洗練され、エネルギーを持つ。

しかし今の日本の政治では、相変らず言葉以外のものが効果があるのではないか。わたしは二世、三世の国会議員を一概に否定する者ではないけれど、その比率が極めて高いことには不満をいだいてゐる。『美しい国へ』でも、父安倍晋太郎（元外相）や祖父岸信介（元首相）や大叔父佐藤栄作（元首相）の名が然るべき所に出て来て、なるほど、血筋や家柄に頼れば言葉は大事でなくなるわけか、などと思つた。

講談社そして大久保房男

講談社が注目すべき雑誌を出してゐる。「クーリエ・ジャポン」といふ隔週刊の情報誌で、世界中の新聞雑誌から興味深い記事を選び、訳し、編集する、コロンブスの卵みたいな発想の、知識人向きの雑誌。

10月5日号では、たとへばイギリスの「インディペンデント」の日本皇室論は、「男子が誕生したものの、皇室が来世紀も存続するかは疑わしい。（中略）皇統の存続は、今度生まれた男子にかかっているのだ。すると、その男子もまた、皇居の門をくぐる勇気のある女性を見つけなければならないという話になる」と説く。

韓国の「時事《シサ》ジャーナル」は、日韓中男性の勃起不全（ＥＤ）に関する意識調査を取上げる。三国とも儒教文化圏に属し、家父長制を経たのに、韓国男性が例外的に、これをひどく気に病む（ＥＤ克服のためなら何でもすると答へたのが韓79％、日56％、中55％）のはなぜか。徴兵制のもたらした軍人文化のせいが大きい、と分析されてゐた。

さう言へば講談社はこの春、思想誌「ＲＡＴＩＯ」（ラチオ）を創刊して、読みごたへがあつた。最近出た2号もなかなかいい。がんばつてるなあと感心してゐるうちに、大久保房男さんのことが心に浮んだ。講談社の新しいエネルギーは彼に負ふ所が大きいぞと思つたのだ。

大久保さんは長く文藝誌「群像」の編集長を務めた伝説的人物。おそらく戦後の文藝編集者中随一の人。その活躍ぶりは近著『終戦後文壇見聞記』（紅書房）に詳しく記されてゐるが、もしこの人がゐなかつたら、第一次戦後派も、第三の新人も、あれほど力を発揮できなかつたらうし、伊藤整『日本文壇史』、佐多稲子『灰色の午後』、山本健吉『古典と現代文学』などといふ名篇もあり得なかつたかもしれぬ。

しかし大久保さんにはもう一つ大きな功績がある。戦前の講談社は、知識人の目から見れば俗悪低級な出版社にすぎなかつた。たとへば豊多摩刑務所は、月刊誌の閲読はすべて禁止してゐたが、「キング」「講談倶楽部」「雄弁」などの講談社刊行物は安全無害なので例外だつたといふ（佐藤卓己『「キング」の時代』）。わたしの少年時代、入学試験や入社試験では愛読雑誌を問はれたとき、「中央公論」「改造」と答へてはいけない、かならず「キング」と書けといふ心得が流布してゐた。無思想な大衆雑誌の代表だつたのである。さういふ出版社の印象を一変させ、知的で高級な側面を付加へるのに最も力があつたのは大久保さんの「群像」である。講談社を見る社会全体の目があれで変つた。すなはち彼は、一つの大出版社の風格を改め気韻を高めた。わたしを喜ばせた二つの新雑誌がこの変容の成果であることは言ふまでもない。

もつとも、『終戦後文壇見聞記』の読後感はかなり複雑だつた。大久保さんの偉業に感嘆し、烈々たる編集者魂に敬服しながらも、古風な文士気質《かたぎ》への素朴な讃辞には当惑した。文学者たちの奇矯な生き方に、近代日本には乏しかつた精神の自由を存分に行使するヒロイックな趣があることは認めてもよい。賛成である。しかし大正文壇の美意識や小説作法が無条件に肯定されてゐるのはをかしい。小説概念の中心部に私小説を置くのは窮屈に過ぎるし、古代以来の東西の小説史全体を視野に入れてゐない。そして個人生活の告白を最優先するのは、文学を宗教と混同する態度にほかならない。カテゴリックにあやまちを犯してゐると思ふ。かつての文士の美徳を宣揚して現状を叱咤《しった》しようとする意欲は尊いけれど、しかしわたしはこの人にもつと別のことを期待したい。

これは年来の希望で、彼が講談社を退いた直後、何かのパーティで顔を合せた際、わたしはこんなことを言つた。

徳富蘇峰の回想録にかういふことが書いてある。自分（蘇峰）が『近世日本国民史』で信長、秀吉、家康などについて書くことができたのは、新聞記者として、長年、伊藤博文、桂太郎、山県有朋などと親しくつきあつた経験があるからだ。政界の大物はかういふときにかう感じ、かう考へるのかといちいちよくわかつた。そこから類推して、戦国の群雄の心事を推定したのである、と。ところが大久保さんは第三の新人グループを知悉《ちしつ》してゐるし、彼らの気風が大正文壇に近いことはすでに伊藤整の指摘がある。そこで、彼らとの体験を生かして、そこからの類推による大正文壇史を書いていただけないかしら。

この提案に対して大久保さんはすこし考へてから答へた。

「大正文士は学問がありますよ」

的確な大正作家論であり、寸鉄人を刺す第三の新人批判である。いや、わたしを含めて現代作家全員がひどい目に遭つてゐる。涼しい顔でゐられるのは石川淳くらゐか。もう一人、中野重治も加へるべきか。『終戦後文壇見聞記』にかういふ視点があれば、もつと味の深い本になつたのにと惜しむ。

『坊っちゃん』１００年

『坊っちゃん』１００年といふのは問題がある。あの名作は雑誌「ホトトギス」の一九〇六年四月号に掲載されたが、単行本に収められたのは一九〇七年一月の『鶉籠』（春陽堂）だから。そして西洋文学では初出を新聞雑誌ではなく単行本で考へるのが正式なのである。たとへばジッドの『贋金つくり』は一九二五年三月から八月にかけて「Ｎ・Ｒ・Ｆ」に連載されたが、単行本としては二六年二月にガリマール書店から刊行されたため、二六年の作品として扱はれる。この調子でゆけば『坊っちゃん』一〇〇年は来年なのだが、しかし一年早く古稀《こき》や喜寿を祝ふのは日本文化の風習だから、まあいいとするか。

そこで『坊っちゃん』の白寿を記念して久しぶりに読み返し、またしても同じ疑問を心にいだいた。こんなにひどいことを言はれても松山の人々が嬉しがつてゐるのはどうしてか、と思つたのである。

普通に読めば、これは差別の小説だ。東京者の語り手＝主人公が地方を侮辱し罵倒《ばとう》する。その連続である。校長から教員心得を聞かされると、「そんなえらい人が月給四十円で遙々《はるばる》こんな田舎へくるもんか」と心中でつぶやく。町並を見ての感想は「こんな所に住んでご城下だ抔《など》と威張つてる人間は可哀想」といふのである。宿直室が西日で暑いと、「田舎丈《だけ》あつて秋がきても、気長に暑いもんだ」と思ふ。温泉へゆく電車は、上等が五銭で下等が三銭と説明してから、自分は上等を奮発して白切符だが、「田舎者はけちだから、たつた二銭の出入でも頗《すこぶ》る苦になると見えて、大抵は下等へ乗る」と詰まらぬ所で差をつける。何もかうまで言はなくてもいいだらうとたしなめたくなるほどの言ひたい放題である。第三者であるわれわれは笑つてゐればいいが、当事者である松山の人々はずいぶん腹が立つのぢやないか。

ここで思ひ出すことがある。先年友達が小樽の町で、車中、連れの人に、たしか石川啄木がこの町に来たはずだと語つたところ、タクシーの運転手から、

「お客さん、啄木は小樽ぢや評判悪いから、あいつのことは口になさらないほうがいいですよ」

と忠告された。帰つてから歌集を読むと、

かなしきは小樽の町よ
歌ふことなき人人の
声の荒さよ

といふ一首があつた。小樽の人々はたかがこの程度の悪口で憎んでゐる。一方、松山の人々は、大いに喜び、誇り、坊つちやん電車、坊つちやんスタジアムなどと命名してゐる。坊つちやん文学賞もあると聞いたし、今年などは道後の酒屋が、小説「坊つちやん」誕生一〇〇年記念の清酒を売出した。一体どうしてかうまで寛大なのか。

わたしはかつてこのことに触れて、日本文学史を縦断する都と鄙《ひな》といふ対比のせいだと論じたことがある（『闊歩《かつぽ》する漱石』講談社）。これは菅原道真が太宰府に流されて怨《うら》み死にしたり、光源氏が須磨にゆくくらゐで悲嘆に暮れたりするほどの首都崇拝、地方嫌悪のことで、この宮廷文化への思慕が伝統として刷込まれてゐるから松山市民は坊つちやんの軽蔑を気に病まなかつたと見るのである。果してどうだらうか。さういふ気配もあるかもしれぬが、しかしこれで押切るのは無理なやうだ。今度、わたしは別解を得た。

『三四郎』の冒頭、東海道線の汽車のなかで、熊本からはじめて東京へゆく三四郎は、異様な中年男からをかしな議論を聞かされる。日露戦争に勝つて一等国になつても駄目です。富士山よりほかに自慢するものがない。しかし富士山は天然自然にあるもので、日本人がこしらへたものぢやない、といふのだ。そこで、日本もこれからだんだんに発展するでせうと言ひ返すと、中年者はすました顔で、

「亡《ほろ》びるね」

熊本でこんなことを口にすれば国賊あつかひされるし、殴られかねない。呆れてゐる三四郎に相手は言ふ。

「熊本より東京は広い。東京より日本は広い。日本より（中略）頭の中の方が広いでせう」

熊本は松山同様、漱石の任地だつた土地で、気風をよく知つてゐる。そして『三四郎』は現代日本文明批判といふ性格が強い小説で、端的に現れてゐるのが「亡びるね」といふ予言だが、ここで漱石が熊本を借りて日本人の自己満足を批評してゐるやうに、『坊つちやん』では松山を拉《らつ》し来《きた》つて日本人の島国根性を非難してゐる。識見の低さ、夜郎自大、洗練を欠く趣味、時代おくれを咎《とが》めるのに、日本の縮図として四国の一都市を用ゐたのだ。そんなふうに一国の代表として自分たちの町が選ばれ、その結果、名作が成つたことを松山の人々が光栄に感じてゐるとすれば、その読解力は大いに評価しなければならない。

歴史の勉強

スペインのフランコ政権が、弾圧と腐敗で名を売つたにもかかはらず、そしてこの独裁者はカリスマ的魅力のまつたくない「面白くもおかしくもない秀才」（色摩力夫）だつたのに、一九三九年から七五年まで四十年近くも倒れなかつたのはどうしてか。これは現代史の大きな謎の一つなのだが、斉藤孝さんはかう答へる（『スペイン・ポルトガル現代史』）。

（1）スペイン国民は悲惨な内戦に厭気《いやけ》がさして、もう政治的闘争を望まなかつた。（2）フランコは人民戦線派と対立するいろいろな勢力（軍、警察、王党派、ファシスト）のバランスを取り、寄り合い世帯をうまくまとめた。（3）カトリック教会と仲がよかつた。（4）対外政策でも巧妙で、独伊との関係に深入りせず、ラテンアメリカ諸国とも無難につきあひ、アメリカ合衆国に接近した。

その通りだらうが、わたしとしてはもう一つ、たしかイギリスの雑誌で読んだ、それに先立つ歴代の政権（プリモ・デ・リベラの軍事独裁政権、第二共和政、人民戦線政府）にくらべればまだしもましなので民衆が我慢した、といふ説が忘れられない。政治的現実の急所を押へてゐる気がする。

ここで思ひ出されるのは戦後日本における自民党の長期支配のこと。ごく短い中断を除いて、半世紀以上にわたり国政を担ひつづけてきた。しかもそのうちかなりの期間は単独政権といふ形で。さほど有能でもなく、まして清廉《せいれん》では決してない政党がこれだけ長持ちしたのはなぜなのか。これも難問だが、フランコ政権の場合を頭の隅に置いて考へれば、直前の軍人支配（すくなくとも一九三一年の満州事変から四五年の敗戦まで）と比較してかなり（いや遙《はる》かに）ましだつたから民衆に支持された、と言へさうだ。つまり自民党のもたらした平和と繁栄、基本的人権と言論の自由、民主主義と男女同権が十数年間（あるいはそれ以上）にわたる貧困と耐乏と恐怖の思ひ出のせいでぐつと有難いものになるわけだ。現代日本人は率直に実利をよしとしたので、これは健全な判断だつたと思ふ。

しかし不思議な話だが、自民党のかなりの部分がこのことに気づいてゐない。自分たちの成功を分析する能力が欠けてゐるらしく、逆に、何かといふとかつての国のありやうを懐かしむ傾向がある。たとへば愚しい侵略戦争だつたものを言ひ繕はうと苦心するし、詫びるしかなくなると意味不明の言葉づかひをする。戦争の犠牲者に哀悼の意を表する手段としては靖国神社しか思ひつかず、若者たちや娘たちの倫理と風俗を憂へるとき、拠るべきテクストとして持ち出すのは教育勅語である。言論の自由を否む野蛮な行為を咎《とが》めようとしないのも、心の底ではあの種のことをよしとしてゐるせいか。とにかく歴史の勉強がまつたくできてゐない。

ここで話は一世紀以上も前にさかのぼる。十九世紀の末、世界史は大きく転換して、新しい時代に突入した。それまではせいぜい一国単位だつた空間が地球規模に変り、人口が激増した。科学技術の突然の発達によつて、豊かな地域と貧しい地域との差が生じた。当時、西欧と北米以外において、工業国ないし工業化途上国は日本しかない。日本が例外になることができたのは、明治維新とそれにつづく近代化のせいである。これは日本人全体の偉業であつたが、しかしその近代化は、小作制度による収奪、君主の神格化による恫喝《どうかつ》政治その他、多くの悪弊を含んでゐた。一九四五年八月にはじまる変革は、日本の近代化といふ世界に誇つて差支へない仕事の仕上げに当るもので、それがかなりうまい具合に行つてゐることは、いろいろな分野の現況を見てもわかる。

たとへば社長や会長などが並んで低頭してゐる映像は最近のジャーナリズムの定番だが、あれは主として内部告発やリークの結果だらう。ついこのあひだまでは所属する会社や官庁に対する裏切りと意識されてゐたのに、封建制的＝家父長制的な義理よりも公共の利害を尊ぶ倫理感が勢ひを得たのである。つまり国民のモラルが改まつた。もう一つ。閨秀《けいしゆう》による新文学の充実。男の作家たちの小説革命が一段落したあとで、今度は才女たちが別口の展開を試みた。業界の約束事にこだはらず、純文学と娯楽ものの境界を取り払ひ、新しい社会の感受性とつきあつた。男の作家たちの方法意識やイデオロギーにつきまとふ堅苦しさを捨て、リアリズムにちよつと背を向けた作品に、身近な抒情性とユーモアを盛つた。女性解放と女子高等教育が長い歳月の末にあげた収穫である。

いちいちこんな調子で、日本人は六十年がかりで成果をあげてゐる。「美しい国へ」などと言つて昔にあこがれ、もしできることならタイムマシーンに乗つて旧憲法のころの日本に帰りたい人たちには、見えないに決つてゐるけれど。

植木に水をあげる？

敬語は日本独得のもので、他の国語にはないと思つてゐる人がいる。もちろん誤解。たとへば英語圏の空港でタクシーに乗る。"Could you go to ホテル名地名 please?"と言ふほうが、"Go to ホテル名地名"よりも運転手の機嫌がいいし、上品な客だと思はれるはずだ。これはどこの国でも同じだらう。ある程度以上文明が発達すると、敬語が使はれる。それは人間関係を円滑にする社交的言語表現だ。

文化審議会国語分科会の「敬語の指針」（答申）を読んでまづ思つたのは、かういふ、敬語を普遍的な人間文化のなかに位置づける見方がないことだつた。あまり当り前な話なので省いたのか。しかしわたしには、敬語を日本独得のものとして尊重したい気持で文科相が諮問し、そのほのかな（？）ナショナリズムの線にそつて分科会が答申した気配があるやうに見える。邪推だらうか。

もちろん日本語の敬語は英語のそれにくらべて遙《はる》かに複雑で厄介である。敬語は言語による待遇表現なのだが、これが日本では、長幼の序や身分の上下を重んずる気風、儒教や封建制度や天皇制や内と外の区別のせいで、度が過ぎる煩雑なものになつた。過剰を規制する機能主義的な精神は幅をきかせなかつた。ところが戦後、社会の大変動によつて敬語が嫌はれ、簡素化しようとする動きが生じ、すたれたり珍妙な言ひまはしがはびこつたりして人間関係がうまくゆかない。そこで官庁が乗り出したわけだが、その志は諒《りよう》とするものの、わたしに言はせれば答申には一言、どこの国でも敬語をうまく使ふほうが好感を持たれるし有利だといふ言及がほしかった。日本語論は全世界的な視野のなかでとらへるほうが説得力が増すだらう。殊に若年層に対して。

分科会の努力はなかなかのものだ。学問的な良心と実際的な親切とを兼ね備へた態度で、むづかしい問題にまじめにつきあつてゐる。学問的といふのは、たとへば、敬語とは相手方または第三者の行為、ものごと、状態などについて「その人物を立てて述べるもの」と説明するやうな工夫である。「立てる」は高度な内容をわかりやすくそして上手に述べる言ひまはしで、お見事。実際的といふのは、たとへば、コンビニエンス・ストアやレストランのマニュアル敬語まで取上げようとする姿勢を言ふ。ただしこれは、もつと上等なマニュアルを作れと具体的に例を示すほうが話が早かつた。しかし一番の問題点は、役人言葉と学者言葉のいりまじつた文章がわかりにくいことである。悪文の例は、写すのが面倒くさいし、読まされるほうも迷惑だらうから略す。

第二に、規範を定めようとする意欲が乏しく、いはば現状追認的なのがをかしい。たとへば「植木に水をあげる」か「水をやる」かについて、〇六年の世論調査において「あげる」が10代・20代の男性では30〜40%であるのに50代・60代の男性では5〜10%だと紹介し、これについて記す。後者（「やる」をよしとする派）は、「水をあげる」は謙譲語的表現で植木にはふさはしくないと考へる。前者（「あげる」派）は、「あげる」は謙譲語的意味は薄れて美化語になつてゐるし、「やる」は卑俗でぞんざいと感じてゐる。この両派が「言わば拮抗《きつこう》している時代であろう」とのんびり構へてゐるが、かういふ大勢順応型の処理は間違つてゐる。たとへ過半数が「植木に水をあげる」と言はうと、それは困つた語法である。言葉は保守的な趣味を大事にしながら、新しい事態に適応してゆかなければならない。ついでに言ひ添へれば、わたしとしては、「植木に水をまく」と言へばいいと思つてゐる。「赤ちゃんにお乳をやる」「お乳をあげる」にしたつて、「お乳を飲ませる」にすれば無難なはずだ。

第三に、敬語は状況に応じて用ゐられる言葉づかひの型だから、その場合場合の提示が然るべくなされてゐない敬語論は頭にはいりにくいし、役に立たない。ABの二人がCのことをしやべつてゐるとき、ABCの上下とか老若とか先輩後輩とか性別とか親疎とか内外《うちそと》とかの関係を明らかにし、しかも今どういふ時、場所、場所柄なのかを言つてからでないと、敬語の使ひ方が適切に教へられない。コンテクスト（前後関係）抜きのテクスト（本文）になつてしまひ、不得要領な言語教育になる。答申はそのへんの所がうまく行つてなくて、話がすつきりしない。そこで、敬語は実生活で習ふのが本筋だ、先輩のものの言ひ方を真似《まね》たり、「他人《ひと》のふり見てわがふり直せ」をやつたりするのが上策だと言ひたくなるけれど、それはやはり理想論だらう。次善の手として、里見弴の小説や小津安二郎の映画を参考にしようとすすめてはどうか。これなら、名人芸の描写力だから、状況がいちいち具体的に迫つてくるし、言葉そのものも洗練を極めてゐる。答申にはこんなことも書いてもらひたかつた。

岩波文庫創刊80周年

わたしは新刊書の小売店を二種に分けてゐる。岩波文庫を置いてゐる店と置いてない店と。そして前者が上と思つてゐる。子供のころの体験のせいかもしれない。

一九三八年（昭和十三年）四月、わたしは山形県鶴岡といふ庄内藩十七万石の城下町（つまり藤沢周平の海坂藩の城下町）の中学校にはいり、もう中学生になつたのだから存分に本を読んでもよからうと思つた。町にはエビスヤ書店とふみや書店の二つがあつて、ヱビスヤは規模は大きいが岩波文庫の棚はない。ふみやは小ぶりだが岩波文庫を扱ふ。こちらがわたしのひいきの店で、せつせと通つた。もちろん買ふのは岩波文庫。最初が永井荷風『おかめ笹』とベルクソン『笑』とコナン・ドイル『シャーロック・ホームズの帰還』で、次が伊良子清白『詩集　孔雀船』、ゴーリキー『零落者の群』、モーパッサン『脂肪の塊』か。デュマ『三銃士』とか滝沢馬琴『南総里見八犬伝』とか頼山陽『日本外史』とかサッカリー『虚栄の市』とか、巻数の多いものが続々と出るので忙しかつた。本当は新刊を全部買ひたかつたが、乏しい小遣ひではさうもゆかない。旧刊の文庫も読まなければならないし、円本全集の端本《はほん》にも手が出る。大変である。わたしは鶴岡の図書館が貧弱なことをしきりに怨んだが、もしそれが整備されてゐたら、恐しい濫読《らんどく》に陥つてゐたらう。何しろ、モーツァルトの交響曲は二つしか聴いたことがないのにメーリケ『旅の日のモーツァルト』を読み、その日のうちにフローベール『ボヴァリー夫人』上下をあげ、余勢を駆つて徳冨蘆花『黒い眼と茶色の目』にとりかかる、といふ調子だつたのだから。あのころの岩波文庫はよい匂《にほ》ひのする紙を使つてゐて、鼻を埋めるやうにして嗅《か》ぐと、うつとりした。

雪国の中学生にとつて、平福百穂《ひらふくひやくすい》装の文庫は読書案内の役をしてくれる大事な機関で、これがあるから時代に処して生きることができた。典型的なのは一九三九年（昭和十四年）六月、出たばかりのフレイザー『サイキス・タスク』を読んで、君主制とはつまり未開人の政治制度なのだと悟り、この文化人類学的認識によつて敗戦まで自分を励ましつづけたことである。この知恵がなければ、わたしの戦前戦中はもつとずつと辛いものだつたらう。その翌年三月の新刊でディドロ『ラモーの甥』を読み、フランス十八世紀の哲学者の破天荒な小説が人間の魂をまるごととらへてゐるのに仰天したことも忘れられない。やがて友達に借りたジョイス『若き日の藝術家の自画像』『ユリシーズ』（どちらも岩波文庫だが廃刊）をただちに受入れることができたのも、ディドロで教育されてゐたからだらう。

岩波文庫がこの七月で創刊八十年を迎へると聞き、感慨にふけつた。わたしが生涯で最も多く手に取つた叢書《そうしょ》は群書類従でもペンギン・ブックスでもなく、この卵いろの文庫本なのだが、ほほうあれは自分と同年輩なのかと思つたのである。いや、冊数だけではない。ジョイスはわたしの師匠筋に当る作家になつた。批評家としてのわたしの代表作は『忠臣藏とは何か』だと目されてゐるやうだが、この長篇評論はフレイザー系の文化人類学の方法によつて忠臣藏を解かうとしてゐる。わたしが岩波文庫に負ふ所は決定的に大きい。ほとんどすべての日本の読書人と同じやうに。わたしは大いに感謝し、祝意を表し、慶賀の贈り物としていささか苦言を呈したいと思ふ。

第一に、哲学書の訳文に難解きはまるものが多い。木田元さんと長谷川宏さんによる翻訳革命以後の事態を、カッシラー『シンボル形式の哲学』（木田元他訳）やヘーゲル『歴史哲学講義』（長谷川宏訳）を持つ岩波文庫は、もつと広い範囲に及ぼしてもらひたい。

第二に、二十世紀文学の主流であり、そして日本に最もよく迎へられた海外文学である（これは吉田健一の説）モダニズムへの関心が薄すぎる。ジョイスは『ダブリンの市民』のみ、エリオットが『文芸批評論』のみ（つまり『荒地』はなし）、プルーストに至つては一冊もないといふ現状は、「万人の必読すべき真に古典的価値ある書」を提供しようといふ岩波茂雄の志に背く。戦後すぐのころの編集部がスターリンの文学観に盲従したせいでこんなことになつたらしいが、善処を望みたい。

第三に、新仮名採用はやむを得ないとしても、明治の文語文にも当てはめるのは無茶苦茶な話（たとへば『福沢諭吉家族論集』）。あの横暴な文部省国語課でさへそこまでは求めなかつた。これは高島俊男さんに叱られたせいか方針を改めたやうだが（たとへば飯島虚心『葛飾北斎伝』）、最近の夏目漱石『文学論』のやうな文語口語まぜこぜ文の場合、文語の所は歴史的、口語の部分は新仮名といふ方式はまことに見苦しい。『田中正造文集』のやうに全文を「旧仮名づかいのまま」にするのがよからう。

あとがき

コラムの題はむづかしい。殊に大新聞のコラムとなると厄介だ。十ほど試作して、みな気に入らなかつた。〆切りが迫る。

その日、大困りに困りながら、会合に出なくちやならないため服を着替へてゐると、「袖のボタン」といふのが浮んだ。

これがいい。まだ誰も使つてないし、しやれてるし、意味ありげだ。

担当の由里幸子さんにファクスで伝へると、すぐに、「袖のボタンの数はいくつ?」といふ和田誠さんからのファクスがはいつた。

出してある背広を全部調べてみる。二つ、三つ、四つ、五つの四種類あつた。

初出紙

「朝日新聞」二〇〇四年四月六日から二〇〇七年三月六日まで月一回火曜日朝刊に連載。

袖《そで》のボタン

二〇〇七年七月三〇日　第一刷発行

著　者　丸谷《まるや》　才一《さいいち》

発行者　宇留間和基

発行所　朝日新聞社

編集・書籍編集部　販売・出版販売部

〒一〇四—八〇一一　東京都中央区築地五—三—二

☎〇三—三五四五—〇一三一（代表）

振替　〇〇一九〇—〇—一五五四一四

印刷所　凸版印刷

ISBN978-4-02-250314-5

定価はカバーに表示してあります